與春光嬉戲

廖玉蕙 著
蔡全茂 圖

用文字記錄下他們的成長

——《與春光嬉戲》新版序文

《與春光嬉戲》的寫作，是我由閱讀走向寫作的起始，我把它視作生命中最為寶貴的經驗。

以寫作年齡論，相較於許多早慧的作家，當時的我已不再年輕。我常慶幸，幸而是在這樣的關鍵時刻開始動筆，我已進入婚姻，不再傷春悲秋，性格裡的敏感多情因之得到適度的節制，寫作才沒有落入過度的濫情；也幸而當時已經當了老師和母親，我的眼睛凝視的角度迥異於年輕的浪漫，開始務實地將教養承攬為生活的重心。

不由得要讚嘆生命的奧妙，也不知是因為何種緣分，就在那刻——孩子約莫五、六歲的那刻，我莫名其妙遇見了寫作，之前，我原本有許多機會跟寫作結緣的；我早早側身文壇，和詩人共事，但寫作沒在那時找上我，我好像也沒覺得特別遺憾。然而，凡事水到渠成，因為一雙兒女的牽線，我慢慢將屬於他們的故事寫下。書中那般新鮮的生活觀察，在寫作多年後的今天回頭看，雖不免生澀淺淡，卻讓自己依然如此動心。當我在幫孩子做勞作之際，忍不住跟稚齡的女兒嘮叨：「我真倒楣耶！哪像妳們這麼幸福。妳們啊！是運氣好，碰到我這種媽媽。」女兒仰著頭，愛嬌地回我：「其實，妳也很幸福耶！妳可以愛我們。」童音清脆，卻如雷貫耳，五臟為之震懾。可不是！並非人人都能輕易地愛其所愛，是童言稚語開啓了我至今近三十年的持續寫作，因為愛。

因為愛。愛是一門多麼高深的學問，是一門必須永續探求，無止無盡的課業；其中眉眉角角，一輩子說不清。我的筆就隨著際遇，在親子、朋友、師生、同事及一些看似沒有關連的社會人士間遊走。我在敲下每個字的同時，也不斷地進行反芻，子女教養、學校教育與社會關照都因之不斷反省、更新。其中，《與春光嬉戲》一書最具意義，因為若沒了它，其他的書寫都不會出現。

我也必須說，雖然歲月教了我好多，但逐漸讓我心平氣和過日子的，卻不是求之於外的知識，而是原本就在內心深處滾滾跳動的那顆「赤子之心」。我就帶著它，好奇叩問孩子們的童年時光，並分享兒女的喜樂憂愁。稚子的童言童語，是母親最珍貴的記憶，常常在困頓灰心的生命轉彎處，涓涓流過疲憊的心靈，提供我最昂揚的潤滑劑，讓艱困變得容易、粗糙變得溫柔，與其說是我陪著孩子長大，毋寧說是孩子顛狂的腳步，練就了母親堅毅的生命熱力。

回首過往歲月，不禁要微笑起來。曾經顛仆學步、對世界充滿好奇的孩子，也終於想盡辦法、甩開母親不放心且亟欲引領的雙手，昂首闊步於屬於他們自己的人生行道。那位成天「為什麼」掛在嘴上的男孩，已經自組了家庭，並生下了女兒；那位可愛卻孤單的小女兒，如今依然清純可人，毫不沾染俗氣。當年，都猶稚齡的兒女，如今，已然年過三十，我幸運地用文字記錄下他們的成長。此刻再重讀這些屬於舊日的記載，心中雖交纏著莫名的惆悵，更多的卻是欣喜。

本書部分是舊作重刊，部分乃增補之作。原作描摹兒女國小階段的生活點滴，增補部分有「對照卷」中對女兒稍長後展翅高飛的叮嚀，也有插入原作中回敘兒子更稚齡時的單篇趣聞，閱讀時參差對照，將更添深意。

廖玉蕙

於二〇一三年十二月十八日

卷一——白板上的告白

目次 contents

與春光嬉戲

卷二——春天的事

卷三——蟬聲熾熱的夏日

對照卷——當女兒展翅高飛

卷一　白板上的告白

永遠的春天

前幾天，媽媽從學校下課，一時心血來潮。繞到幼稚園去看你，正是下課時間，滿園穿著一式一樣制服的小男生、小女生快活的東奔西跑著，好不熱鬧！我坐在車裡，一眼看見你一個人支著頤，蹲在一株大榕樹下，羨慕的看著小朋友玩。我瞿然大驚，淚水一下子湧上了雙眼。孩子！媽媽彷彿穿過時光隧道，看見二十多年前的自己。同樣紮著兩條小辮子，同樣寂寞的神情。我的心，都差點兒碎了。本來是個晴朗的日子，透過暗色的窗玻璃望出去，你那小小的、孤單的身子後廣袤的藍天，卻變得黯淡得教人心傷。啊！這一個追逐我二十餘年的可怕的夢魘，難道又以一種神祕不可知的遺傳而重現在我最最鍾愛的女兒身上嗎？

二十多年前，當我哭著向你那強人般的外婆訴說長久以來在學校所遭遇到的孤立時，你外婆反而正色的斥責，說一定是我不好，同學才不喜歡我。當時那種受挫的悲痛，至今仍深印在心靈深處。多年來，我獨自在這片陰霾下摸索探究，方才了解到人性底層有許多無法解釋的扞格。這些全不干好或不好，乖或不乖。

「大概是我不乖吧！」從幼稚園回來的當晚，你垂著長睫羞赧的如此向我告白時，你不知道媽媽的心有多痛。沒有辯解，沒有攻訐，只是這樣無怨無尤的反求諸己。而你實際上又有什麼錯呢？充其量不過是身不由己的遺傳了媽媽孤傲的因子。這種性格上的弱點曾經使得媽媽的童年過得比常人陰冷寂寞，也正因為如此，使得我比一般的母親更焦灼於你們的快樂與否。值得慶幸的是，你才五歲，還有長長的一生可以學習，而且，有一個過來人的媽媽陪著，祛除這種弱點以擁抱開朗的人生，應該不會像媽媽當初所經歷的一般艱難。

也許因為你有一個太過飛揚跋扈、桀驁不馴的哥哥，你似乎一直在柔弱退讓中平衡兄妹關係。有一回，餅乾盒裡剩下四片餅乾，好吃的哥哥強悍的拿走三片，我正要開口為你討回公道時，沒想到，你居然把那剩下的一片餅乾折成三小片，跟哥哥說：「你看！我還不是也有三片，有什麼稀奇！」在全家愕然中，我開始沉思這個問題。我想了很多，想到這種在精神上尋求勝利的阿Q精神，如果再繼續下去，可能使你迷失在自造的假象裡，而阻礙了將來更大的發展。但是，繼之一想，在這混亂的世代裡，一味的去尋求公道，也不過徒增無謂的挫折，而使得自己更為頹唐喪志罷了。人生太複雜，任何的歸納和結論都屬無稽。如果世界是個大舞臺，那麼，只要我們快快樂樂、淋漓盡致的演上一角，管它演的是突梯詼諧的丑角或是尖銳潑辣的花旦！

然而，事實證明，你並非真正無可救藥的怯懦。在重要的關鍵上，你自有一套以弱為強的處事哲學。

有一晚，爸爸到南部出差，我因為不得已的原因必須外出，一時又找不到合適的人來照顧你們，只好作一次大膽的嘗試，讓七歲的哥哥和你看家。當我慌慌張張的趕回來時，已經差不多九點了。一進門，看到哥哥正吃力的拿著吸塵器在清潔地毯，你坐在沙發上指揮大局，看到我進來，哥哥不服氣的告狀：「媽！妹妹可以管哥哥嗎？妹妹居然叫我吸地毯，還叫我在你回來前把玩具收好，我是哥哥耶！」你睜著一雙黑白分明的眼睛，天真無邪的抗辯：「本來就是嘛！媽媽都這樣的，睡覺以前都吸地毯的。而且，玩具本來就該自己收的嘛，對不對？媽媽。」我不知道，一向強橫的哥哥是怎麼讓你給逼就範的。孩子，我當時真是深深地為你的懂事明快和哥哥的「相忍為家」而喝采。

你的乖巧還不止此，我常常被你的超乎尋常的體貼招得淚盈於睫。每年暑假，因為放假時間無法密切配合的關係，必須送你回外婆家暫住。我知道，你很愛外婆，但是更捨不得離開爸爸媽媽，每個禮拜六回中部去看你時，你總是緊緊的擁抱著我。而當我們北上時，你卻很體諒的自我安慰：「下個星期六一定再回來看我！媽媽要上課，我不能回去，對不對？」雖然，眼睛裡充滿了淚，卻絕不肯做讓我們為難的要求。孩子，有時我倒寧願你像別的小孩一樣大哭一場，或是發發脾氣，否則，這般委曲求全的乖巧，常常強烈撞擊得我五臟俱焚！

這幾天，為了展示一件去年春天穿來還嫌稍長的白紗小禮服，你老是癡癡的問我：「春天已經到了嗎？」一大早睜開眼就問，傍晚從幼稚園放學回到家也問，問得我恍恍惚惚以為客廳裡滿壁的蝴蝶都紛紛翩然起舞了哪！

打開窗子，我指著窗外一株光禿禿的老樹告訴你，當樹枝開始長出嫩綠的葉子時，就是春天到了。你性急的問：「很快就到嗎？」望著你紅撲撲熱切期待的小臉蛋兒，我忍不住狠狠地擁你入懷。孩子！豈止是很快，春天根本一直就在我們家裡的，你和哥哥就是爸爸和媽媽心裡永遠的春天。

什麼是春天？春天除了可以穿上可愛的白紗小禮服，除了滿樹嫩綠的枝葉外，春天還是開朗、溫馨的季節。在這新春伊始，媽媽別無所求，只求我的乖女兒能常常擁有生命裡的春天，和媽媽現在一樣。

——原載民國七十五年二月十二日《中國時報》

老人與狗

家裡附近的幾條巷道，經常有些野狗逡巡。有時幾隻狗站成聊天的陣勢，似乎彼此正用無聲的語言交談著；有時就懶洋洋的蜷曲在某一家的大門口外，默默地打著瞌睡。

來來往往的人顯然都對這些小狗沒什麼好感，因為長久的餐風露宿，小狗身上散發出濃濁的臭味兒，大家從旁邊經過，不是掩鼻疾走，就是用手勢惡意的驅趕。這群被人們所厭棄的狗兒，不定時地幽幽出現、寂寂離去。誰也不知道，牠們住在何處，賴什麼維生。

一天，我正在樓下巷子口的小店吃早餐，突然看見這群小狗前呼後擁地圍著一位瘸著腿的拾荒老人，正橫過馬路，向小店走來，小狗們一邊叫，一邊熱切地搖著尾巴，狀至興奮。有的舔著他的褲管，有的抬起前腿撲向老人撒嬌，老人愛憐的笑著說：

「別忙！別忙！慢慢兒來！慢慢兒來。一、二、三……七隻。」

然後回頭跟老闆說：

「今天七個荷包蛋。我自己來一套燒餅油條。」

說完，挑了一個靠走廊邊邊兒的位置坐下。小狗們也秩序井然地席地排排坐。荷包蛋來了，老人把蛋丟在地上，一隻狗一個，既不搶食，也不爭先恐後，小狗亦自有牠們的禮數及對人類的敬重。

很快地吃完了早餐，老人付了帳，踩上三輪車，小狗們搖尾依依作別，直到老人消失在路的盡頭，小狗才若有所失的離去。

老闆笑著對我說：

「這位老先生每次來，一定請小狗吃蛋，小狗的消息滿靈通的，爭相走告，愈聚愈多，我看，有一天一定會多得都請不起囉！」

兒子和女兒看得發癡，差一點兒忘了上學。

晚上，孩子們提出要收養一隻小狗的要求，我不加思索，馬上拒絕，住公寓房子養狗，自己不方便，也妨礙鄰居。兩個孩子氣呼呼地齊聲抗議：

「你們一點同情心也沒有！小狗沒有家，好可憐！」

我費了半天唇舌婉言解釋，態度堅決。孩子們也針對問題，提出答辯，雙方旗鼓相當，最後是孩子含恨上床，我覺得勝之不武。

第二天傍晚，兩個孩子在樓下玩，到很晚才上來，帶著鬼鬼祟祟的表情和一身的狗味兒。原來他們在外頭的空地上給狗兒們蓋狗屋。我把他們兩人提到水龍頭下，徹底消毒，他們興奮地報告：

「我們幾個小朋友發動蓋狗屋運動。有人還從家裡拿著舊衣服、抹布來墊，小狗會住得很舒服耶！」

隔天放學，孩子迫不及待的、興沖沖的帶我去看他們的成果。沒想到小狗們全溜走了，顯然沒有一隻願意睡在裡頭，牠們大概不慣受抬舉。孩子們嗒然若失的回家，把所有的帳全記在我的頭上，嘟著嘴，不肯跟我說話。

有一天早上，又看見那位老人，店裡的荷包蛋賣光了，老人無奈地、抱歉地哄著小狗們：

「沒辦法啦！賣光了！怎麼辦？你們又不吃燒餅油條。沒辦法啦！對不起！來太晚了，明天我早一點兒來……」

那口氣，就像哄著自家的孫子般，教人覺得溫暖極了。兒子突然對著老人問：

「老爺爺！您既然喜歡牠們，為什麼不乾脆帶牠們回家去？」

「太多囉！養不動囉，我家裡還有十幾隻咧！」

我急急地催促孩子去上學，唯恐這一番攀談，又勾起好不容易才似乎淡忘的養狗熱。

接下來的那個星期日早晨，我買菜回來，發覺兩個孩子形跡可疑的竊竊私語，興奮得不得了，妹妹沉不住氣的假借看花名義，到後陽台好幾趟，我心知肚明，悄悄往陽台上一探究竟，發現一隻怯生生的癩痢小狗趴在一堆衣服上頭，不禁大吃一驚。

吃午餐的時候，兒子若無其事的問我：

「很小的小狗可不可以吃魚？會不會刺到喉嚨？」

我指著盤子裡的魚說：

「像這種魚，沒什麼刺，應該可以。」

兄妹二人擠眉弄眼一番，以為計謀得逞，我一邊吃飯，一邊接著說：

「吃完午飯，就送牠回去。」

二人同時白了臉，把飯碗一放，躲進屋子裡。我追進去，煩惱地、幾乎是哀告地解釋：

「不是講好了嗎？公寓房子不方便嘛！何況是隻癩痢狗，會傳染疾病的。」

女兒哭著說：

「不會的啦！老爺爺說，只要有愛心，過了一陣子，癩痢狗脫了毛，就會變好的啦！」

對著兩個啜泣的孩子，我幾乎束手無策。但是，一想到養狗的後果，我不得不硬起心腸。

收拾好碗筷，我把兩人叫出來，說：

「媽媽知道你們喜歡小狗，但是，現在一定不能養，等到我們搬到有院子的房子，你們如果還喜歡，就隨你們。小孩子一定要講理。這樣好了，照相機裡還有幾張底片，媽媽幫你們和小狗合照幾張照片留念，好嗎？」

孩子這才停止了哭泣，依依不捨的和小狗合照，「養狗事件」終告一個段落。

從那天以後，我每天早早起床做早餐，不敢再帶孩子下去吃早餐，老人和小狗親熱的模樣，一直在腦海裡盤旋，我怕再見一次的話，連我自己都要心動了，而我們實際上是沒有足夠的空間來養狗的。

孩子和我，都期待有朝一日能擁有一棟有院子的房屋，到時候，歡迎各路無家可歸的英雄好「狗」齊聚一堂。

——原載民國七十五年九月七日《中華日報》

男生愛女生

傍晚，兒子學鋼琴去了，我帶著女兒下樓散步。

剛考完試，巷子裡全是小孩，肆無忌憚的笑鬧著，像是要沸騰起來般，熱滾滾的，是教人看著不由得要笑開了眼的太平盛世景象。

兒子的幾個同班男同學群集著一塊兒玩，不知怎的，沒一會兒工夫，突然鬧了開來。等我一回眼，只見他們班上一向最乖巧的副班長手上揚著羽毛球拍，發狠的追打著幾位小朋友。小朋友嘻皮笑臉的四下逃竄，口裡齊聲喊著：

「男生愛女生！副班長跟班長結婚！男生愛女生……」

霎時間，其餘的笑鬧聲都被這樣齊一的聲浪給壓了下去。一些不相干的小孩，也開始湊趣的附和起來，並跟著惡作劇地東躲西藏。副班長這時像一隻被激怒的小野獸般，發狂的紅著眼追趕，但是顧此失彼，終是沒逮到任何一個人，只有含著淚站在家門口喘息。正尋思間，孩子的媽媽聞聲由紅門內出來，憂心如焚的朝著我說：

「我實在不知道怎麼辦耶！這孩子已經回來哭了好幾天，同學說他『男生愛女生』、『副班長和班長結婚』，他在意得不得了，勸也沒用，吵著不肯去上學……。」

暮色突然像一張密密的網將我緊緊的籠罩住，我的心因之而揪痛起來，我那同樣備受揶揄的晦澀童年遂像潮水般的在腦海中氾濫。當時，為著這般無聊的言語，不知道掉了多少眼淚，哭走了幾百個黃昏。現在想起來簡直是不可思議的愚蠢。但是，那陣子，確是拿它當作一樁生死攸關的大事來看待的。我因此能深切的體會這個悲泣的小男孩由衷的悲慟。想著、想著……我幾乎是感同身受的憤怒起來。

仗著稍具知名度的「老師」的身分，我叫住那幾位始作俑者的小男生，用著連自己都沒辦法信服的理由，聲色俱厲且語無倫次的訓斥了他們一頓。平日笑咪咪的臉一旦拉長了，大概也是挺嚇人的，小朋友們聽訓完畢，吐吐舌頭，訕訕然的逃離現場。帶著未息的餘怒，我領著女兒穿過人群上樓。從眾人訝異的眼光中驚覺到自己的小題大作。

做晚飯時，兒子回來了。巷子口那雙含淚的眼睛一直干擾著我。於是，我把兒子叫到廚房來，打算一邊做菜，一邊曉以大義。

清清喉嚨，我選擇了這樣的開場白：

「傍晚，媽媽看到你們副班長在哭……」

話還沒說完，兒子老里老氣的插嘴：

「他呀！他就是愛哭。」

被他這樣一攪和，我簡直接不了口：

「不是啦！我是說，小朋友取笑他……」我把情況大略的說了一下，正式下結論：

「這些小朋友太不應該了……」

「是嘛！這樣有什麼好哭的！」顯然，他還沒弄清楚我的立場，抽油煙機很響，我懷疑他根本沒聽懂我剛才的敘述，索性關掉抽油煙機，吃力的再次解說：

「我是說，他們說他『男生愛女生』……」話還沒說完，兒子一副滿不在乎的樣子回說：

「唉呀！男生本來就應該愛女生的嘛，有什麼好哭的。對不對？媽媽。」

我尷尬的不知如何繼續下去，可又不甘心，吞了吞口水，我再度艱難的尋求共鳴：

「對是對啦，但是，他們說他『副班長跟班長結婚』……」

兒子又等不及地義正辭嚴的說：

「唉呀！男生到最後還不都要跟女生結婚的嗎？哭什麼！」

那口氣，簡直是個歷盡滄桑的男人。事情發展至此，已經是很明白了，要博取他對這件事的同情是不可能的，我們的想法完全沒有交點。我開始有一些寂寞的感覺了。我因此作了最後一次小人的、負氣的反擊：

「如果人家這樣說你呢？難道你不生氣？」這回，兒子低下了頭。我因之有些沾沾自喜，以為這種自省式的訴求已經奏效。沒想到，在一絲羞澀的笑容過後，他居然大剌剌地說：

「有什麼關係！媽！我告訴你喲！我們班長長得還滿漂亮的耶！不信你那天到學校去看看……。」

說完，蹬蹬蹬地下樓去了。留下我一個人在廚房裡反芻著他的話，愈想愈覺得自己真是無聊。

——原載民國七十五年三月二日《中國時報》

白板上的告白

家裡電話機旁，掛了張白板，供大夥兒記些瑣事，以提醒自己或家人。偌大的一張白板，直如一個小世界，充滿了人情與世故。

我常在上頭記些稿約、繳交貸款日期、或添購某些用品等；外子則偶爾很務實地提醒我「該洗衣服了」、「記得買保潔膜」之類的；上六年級的兒子恆常和金錢打交道：「媽媽還欠我七十元。」「我從媽的抽屜借三十元。」「別忘了明天午餐費。」「零用錢逾期未發，要加利息。」彷彿他整個人生就是一片金錢糾葛。我們看了，總是搖搖頭，笑著說：「就愛錢！」女兒則大異其趣，一逕的纏綿悱惻：「媽：今天在學校有想我嗎？」「哥，對不起，請原諒。」「爸：回來時，如果我睡著了，別忘了親我一下。」「爸媽，我好愛你們。」我們總是沒忘記在上面回應出同等肉麻的句子。一家人就在白板上熱烈地用著各自的方式彼此溝通著。而兒子是慣常地鄙夷著妹妹的濫情。

一晚，孩子該上床時分，我接了一通長電話，一邊聽著，一邊心急地摀著話筒朝兩個企圖拖延上床時間的孩子猛做威嚇表情，示意上床，女兒乖乖去睡了，兒子則鬼鬼祟祟出沒好幾回，甚至潛至我身後磨菇半天，我做足了表情，兒子終於在電話擱下那一剎那，身手矯捷地跳上床。我起身，正想開口罵人，一眼瞥見白板上兒子工整的寫著：

「媽：昨天幫你先墊的二十元，未還。」

接著用很潦草，幾乎不易辨識的字跡寫：

「其實，我也非常愛你們。」

沒有簽名。我站在白板前，眼睛發熱。走進兒子房門，問：

「是你寫的嗎？」

兒子沒作聲。只悄悄地把原本蓋到脖子的被子往上拉，遮住臉。

我說：

「謝謝你哦！我們也非常愛你哦！」

他又把被子再往上拉，索性蓋住了頭頂。

那夜，我溫柔地站在白板前，給兒子寫了些纏綿的句子。第

二天，女兒大聲唸著，並興奮地叫兒子來看。兒子撇過頭，刻意不去看那些字，只是像大人般，一派正經地皺著眉頭：

「討厭啦！你們女人好囉唆！」

——原載民國七十九年二月二日《中國時報》

壓扁的康乃馨

孩子剛上小學那年，曾經傳出了多起孩童被綁架的事件。為了安全，我刻意安排了課程，總趕在兒子下課前回到家。一天，學校有些事耽擱了，以致回去晚了些，早該到家的兒子居然不見蹤影。我當是到同學家玩去了，沒想到連打了幾個他平日較要好同學的電話，都說沒去，不免有些著慌。各個熟悉的鄰居家裡，也分別問過，全沒見到。我急得下樓四處搜索，建築工地、公園、田裡、菜圃，甚至附近的游泳池、河堤邊兒，只差沒下水撈去。我愈找愈急，聯想起凶狠的撕票，不禁全身悚慄。

我紅著眼，樓上樓下，衝上衝下，一會兒撥電話，一會兒找人打聽，問到後來，覺得自己直打哆嗦，也沒有眼淚，就是牙齒上下打架。最後，全沒了主意，正虛脫般地倒在沙發裡，打算撥電話向外子求援時，兒子在門口出現了。我氣急了，由沙發上跳起來，衝過去，不由分說就是一記耳光。兒子大概是被我的神情嚇壞了，沒來得及哭。說不出那時候的感覺，只覺得眼淚鼻涕直下，恨聲地說：

「去哪裡？還知道回來！」

兒子撫著左頰，委屈的說：

「人家放學，你還沒回家。我又沒有鑰匙，剛好我們隔壁班的張世和經過，邀我去他家，我就跟他去了嘛！」

張世和？沒聽過。隔壁班的，難怪。我氣極難平，怒責：

「你就不怕媽媽擔心，也不打電話回家！我平常怎麼教你的？」

「我打了呀！剛開始好像沒接通，後來又沒人接，我以為你還沒有回家嘛！」

沒接通？可能是我正打電話追蹤；沒人接，因為下樓找人，看起來他的話不假。可是，耳光已經打下去了，再也追它不回。何況，在如此盛怒之下，也委實難下公正的結論。在沒有任何台階可下的情況下，我雖然氣息稍弱，卻依然鐵青著臉，說：

「好了，進你自己房間想想看，這樣對不對？害得媽媽差點兒去報警，擔心得要命。」

兒子這時候眼圈倒紅起來了。放下書包，打開，伸手在書包裡翻呀找的，我不耐煩的催促他：

「還不快進去！磨菇什麼，欠揍呀！」

兒子含著淚，還在那兒翻著，差點兒沒把頭鑽進書包裡。我好不容易才平抑下來的怒氣，幾乎又要被激起，正要開口怒斥，他從書包裡找出了一團皺巴巴的紅紙，遞過來，我定睛一看，傻住了，一枚紅色的紙紮的康乃馨，我望向日曆——五月十日、星期五，眼淚一下子又湧上來了。我彷彿聽到自己模糊的聲音：

「這是什麼？」

「康乃馨呀！送給你的，後天是母親節。」

「你哪來的錢？」

兒子這回掉下了眼淚，抽泣的說：

「你早上不是給我五元買包子當點心吃嗎？我到福利社一看，有人在賣康乃馨，我就捨不得買包子，省下錢，買了這朵康乃馨，本來以為你會很高興……」

他愈說愈傷心，泣不成聲，我則愈聽眼淚愈流，想到一向視錢如命又愛吃的他，如何天人交戰後，決定捨錢買花，回家卻挨了一記無情的耳光，我的心都碎了。我定定的站在那兒，任由眼淚奔流而下，一句話也說不出來。

——原載民國七十八年九月十七日《中國時報》

女兒的康乃馨

去年母親節的前兩天，女兒神祕兮兮又故做若無其事的表情跟我說：

「媽！你可不可以給我五塊錢，我們學校昨天開始賣一種很棒的東西，我也想買。」

女兒一向和他那視錢如命的大哥大不相同，從來不花錢。我倒真有些好奇，問她是什麼東西，她睞睞眼，神祕地說：

「反正，我買回來以後，你就知道了。」

第二天放學回家，女兒興奮地紅著臉，還沒進門，就迫不及待的要我閉眼伸手，然後在我掌心裡放了一朵紙紮的紅色康乃馨。我很合作的做出驚喜交集的表情，她滿意的繞著我，吱吱喳喳地說個沒完，並一定要我當場別上。

那天晚上，我臨時有事必須獨自南下回母親家，女兒在門口和我殷殷話別，突然她說：

「我不知道你要回外婆家，所以只買一朵康乃馨。我也想送外婆一朵，那這樣好了，你再給我五塊錢，明天我再買一朵送你，你今天回去先把這朵送給外婆好嗎？」

我當然是欣然同意囉！女兒又一本正經的補充說明：

「你不要忘了告訴外婆，這是她孫女兒的一片孝心哦！謝謝她生了一個這麼好的女兒給我做媽媽。」

我的眼眶一下子熱了起來，忍不住緊緊地擁她入懷。在南下的中興號車子裡，我再三反芻著這麼一句情深似海的話，心裡溫溫潤潤的，覺得窗裡窗外所有無情的人、事、物似乎都變得多情了起來。

——原載民國七十八年五月十三日《中國時報》

自然與勞作

為了學校的自然實驗和勞作，大人們簡直傷透腦筋，準備晚餐用的紅蘿蔔、小黃瓜，被女兒拿去了，做紅燒牛肉的洋蔥，被兒子奪走了，連已經抹了鹽巴，就待下鍋的魚，都被急慌慌的搶救了下來。盒裝的方糖被一顆顆倒進塑膠袋裡，餅乾無家可歸，火柴被倒在玻璃茶几上，鮮奶被強迫在一夜之間喝光，化妝品被拆得七零八落，肥皂全赤裸裸的躺在櫃子中……所有的盒子全被剝光，拿到勞作教室裡。魚缸裡的金魚一天少似一天，手電筒裡的電池永遠少一、兩個，連電燈泡也沒放過，只差沒把大人帶去解剖了。面對一個淚眼汪汪的孩子，恐怕很少家長沒有滿街找青蛙的經驗吧！

除了提供必要的材料外，現代開明的家長也常被要求實際參與。為了區分米食、麵食，和孩子一起繪畫牛肉麵、米粉、饅頭、餃子、鍋貼、蘿蔔糕……等卡片；為了區分鈔票的價值並學會找錢，仔細地繪製了許多千元、百元、拾元及伍元、壹元等假鈔；為了辨識各種動、植物，還得幫著製作標本或搜集有關圖片。孩子早早上床睡了，大人還強打著精神在燈下做作業。我常懷疑，在這忙碌的社會裡，有多少家長能提供如此的熱心和閒情。果然，幾次過後，女兒回來，喜孜孜的宣佈：

「我們老師今天說：『蔡含文的爸爸最乖、最聽話，得一百分，我們給他拍手。』同學都很羨慕我！」

得到這樣獎勵的外子，真是啼笑皆非。

一天，女兒又為了隔天的勞作課，滿屋子找紙盒，差點兒沒把屋子給整個掀翻了，這回真的是山窮水盡，一個也找不著了。女兒急得哭起來，我亦束手無策，只好由她哭去。她見我不理，便擦乾了淚，穿上外衣，逕自下樓去了，我亦不問她，唯恐惹禍上身。十分鐘左右，女兒眉開眼笑的頂著一只生力麵盒子上來，神氣地說：

「哈！我明天可要做一個全班最大的鐘了。」

原來她自力救濟去了，巷子口小店的老闆遭殃了。自這次求援成功，嘗了甜頭後，兄妹二人每有勞作，便找小店叔叔或阿姨去，酒瓶蓋、牙膏盒、紙盒、塑膠瓶、保特瓶……幾乎有求必應，我因此

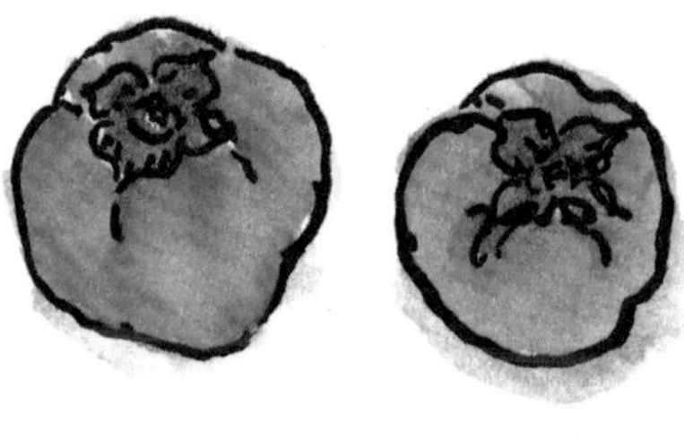

大大地鬆了口氣。

一回，大清早，我去店裡買早點。發現短短幾分鐘之內，就有三位小朋友來求助，有的要一把自然課要用的綠豆和紅豆，有的要幾枝吸管。過一會兒，方才要了豆子的小朋友，又帶了另外兩位來，說：

「阿姨！我的朋友也要，可不可以也給他們一些？」

老闆娘又抓了兩把送他，並朝我無奈的搖頭笑說：

「沒辦法。像傳染病似的，大家告訴大家，不但自己來，還介紹別的小朋友來，真有些吃不消。」

我這才曉得，原來自己的輕鬆竟是建立在別人的麻煩上。我正為著兒子、女兒三天兩頭的打擾抱歉著，一位胖呼呼的小朋友匆匆跑來，拖著兩管長長的鼻涕，理直氣壯的衝著她說：

「趕快！阿姨！快來不及了。我們自然課實驗要用兩個雞蛋，請你送我兩個雞蛋。」

老闆娘和我俱愣了一下，隨即大笑起來，我仗義執言：

「你要雞蛋，要跟媽媽拿錢來買呀！」

他瞥了我一眼，頗不以為然的樣子，大概嫌我多管閒事。嘟著嘴，用食指把鼻涕往腮邊一抹，不服氣的朝老闆娘抗議：

「那你就給曾懷恩紅豆，就不給我雞蛋，沒有這樣的啦！」

——原載民國七十七年六月九日《中國時報》

算命袋

吃過晚飯，正在廚房忙著。女兒不時形跡詭異的出入兒子的房間。不一會兒，便傳來兒子不耐煩的抱怨聲：

「討厭啦！人家要做功課耶，一直問，一直問！去問媽媽啦！」

我正收拾著碗筷，聽到女兒細聲地說：

「不行啦！不能讓媽媽知道的啦！」

我心裡納悶著，也沒功夫問。等我忙完了，正坐在書桌前看報。女兒兩手背在身後，笑咪咪地進來，甜蜜地說：

「明天是你生日，我做了一個算命袋送你，你可以算算你以後過得好不好！」

然後，遞過來一個用厚紙板做成的有把手的袋子，袋子上畫有各色小花朵，小花朵中用紅色奇異筆寫著大大的「算命袋」三個字，袋裡有五支摺疊起來的紙籤子，女兒興奮地慫恿我：

「你抽抽看嘛！看看運氣好不好？」

我閉上眼，抽了一支，拆開來，上面寫著「你以後會有一個很體貼的丈夫」。

女兒期待地等著看我的反應，我於是故作驚喜的歡呼，表示這正是我最期待的事。女兒又睞了睞眼示意再抽一支：

「說不定還有另外的好運氣哦！」

於是我一張張地打開：

「你將來會有一棟有院子的房子。」

「你會永遠年輕美麗，並且不發胖。」

「你會活到很老很老。」

拆開最後一張時，我的眼睛驀地溼熱了起來，上面寫著：

「你的女兒以後一定會很孝順你。你老的時候，如果牙齒全掉光了，她會用小火ㄠˊ稀飯給你吃。」

女兒害羞地補充：

「ㄠˊ怎麼寫，哥哥都不告訴我，所以，只好用注音。」

——原載民國七十九年十一月一日《中國時報》

生日禮物

女兒學校裡的書法老師非常嚴格，規定凡是書法成績未達七十分者，必須手拿自己的作品，當眾展示於胸前，並站到講台上，向全班同學鞠躬複誦：

「我是王大空！我是王大空！」

為什麼要自承是王大空，倒沒有具體說明。從那以後，每逢星期三寫字課回來，她總是垂頭喪氣，唉聲不止。一日，女兒回來，吐舌慶幸地說：

「幸好！今天快輪到我上台時，正好打下課鐘，救了我一命。要不然，又要變成王大空。」

既然如此攸關生死，我們大人自然不宜置之不顧，多少得表現一下關切之意。於是，取出她的書法作品一看，不禁失笑。墨漬處處，字體大小參差，活像一張畫壞了的潑墨畫，難怪被罰。不過，她手腕稚嫩，握筆不牢，我倒不深責於她。只是她自己似乎頗介意，每回上書法課，便如臨大敵，在家亦勤加練習。由於工程浩大，時常搞得桌面、地板、牆壁，四處墨漬斑斑，衣服、手腳，甚至臉頰都無法倖免，每每一張紙尚未寫完，先就成了隻小花貓。饒是這般勤奮，因她生就粗枝大葉，常把本子弄得髒兮兮，因此，始終無法突破七十大關。

那日，女兒回家，喜形於色。我問她，她亦不答，一張貓樣的臉，笑得眉眼俱失。直到外子回來，才迫不及待且得意洋洋地掏出書法簿子來，遞給她爸爸，高興地說：

「明天是你生日。這是送給你的生日禮物。我今天寫字的時候多專心！你知道嗎？一點墨汁也不敢讓它濺出來，七十二分欸！七十二分欸，好辛苦欸！」

我們一家人齊湊了過去，攤開來看，稚嫩弱小的字，端正的拘坐在格子內，果然是乾淨多了。她爸爸感動地抱著她親，她膩在爸爸懷裡，愛嬌地補充：

「真的！這三分是特地為你爭取的。如果不是你生日，我根本寫不了那麼好！這太難了！全部都在格子內欸！」

——原載民國七十九年七月十三日《中國時報》

父親節禮物

為了父親節禮物，兒子和女兒成天殫思竭慮，一直到當天早晨，還無法決定。於是，跑來請我提供主意。我說爸爸目前最需要一雙涼鞋或一條長褲。兩人連連搖頭，一來太貴了，二來這兩樣東西都得老爹親自出馬試穿，他們希望給他一個驚喜。驚喜？我也興奮起來了，靈機一動，說：

「送他一支口紅或一條長裙好了。」

兩個小人兒倒真都大吃一驚，齊齊睜大了眼，我慢條斯理解釋：

「讓你爸爸轉送給他最愛的太太呀！」

兩人恍然大悟，同時笑著欺身過來打我，嘴裡直嚷著：

「你別想，你別想！」

三人在屋裡笑鬧爭辯，不得要領，最後，我下了結論：

「好了！其實，你們什麼也不必送，父親節送給爸爸最好的禮物就是做個乖孩子，不要惹爸爸生氣，乖乖地。」

兒子當場抗議：

「才不要哪！乖乖地？這太難了！我寧可花錢給爸爸買禮物。」

我啼笑皆非。平素極愛錢的兒子居然寧可傾家蕩產，也不願做個乖兒子，可見做個乖小孩對他而言有多不耐煩。

結果，我的提議全遭否決。兒子買了一個籃球，送爸爸練身材；女兒則挑了一副跳棋，讓爸爸切磋棋藝。外子回來，口中唯唯道謝，心中暗暗叫苦。果不其然，爸爸節過後的那個星期天，這兩份禮物終於展現了無比的威力。陪兒子打了一個早上的籃球，又陪女兒下了整個下午跳棋的外子，終於不支求饒，打破多年來遲睡的慣例，早早上床，留下兩個氣鼓鼓的孩子捧著棋盤，對著臥房緊閉的門嘟嘴抗議：

「爸爸好討厭！人家要陪他玩，他都不要，哪有這樣的爸爸！」

——原載民國七十九年九月十三日《中國時報》

送花

三個嘰嘰喳喳的國中女生推推打打地進入花店時，兒子和我正陷身花海中，為一位住院的朋友挑選一束花。二十朵紅玫瑰加上如夢的滿天星，正適合微痾新瘥的心境吧！

中年的老闆，含著可掬的笑容，俐落的修剪、絞繩。我立在一邊兒，仍為著滿室的紅酣綠勻心移神馳，耳邊掠過女孩兒嬌笑的聲音：

「我告訴你哦！我媽要看到我送她花，一定高興得痛哭流涕……」

「媽媽都是很脆弱的。」另一個女孩兒老氣橫秋的補充著。

「不是啦！你不曉得，我媽常抱怨我爸不解風情，從結婚到現在從來沒送過花給她。每次只要去看一場比較浪漫的電影回來，必鬧情緒。我爸老說她不切實際。其實，買些花騙騙她有什麼關係？有時候，我覺得男生真的很鈍欸！」

「哎喲！說到送花，我爸才呆哩。有一回，我媽生日，我偷偷教他送花。結果，下班回來，花是買了，你猜怎麼？用一張揉得皺巴巴的破報紙包欸！破報紙欸！我們都笑死了，我媽氣得不理他，直罵他木頭，一點也不羅曼蒂克，我爸也氣了，說我媽光看包裝，不重內容，兩個人為了這事，還好幾天不說話。男生真的都很驢欸！」

三個女孩子笑著打鬧成一團。老闆和我交換了一個會心的微笑。女孩子們終於選定了一束可愛的雛菊。

老闆解人的說：

「為了送給媽媽的孝心，特別七折優待。」

女孩掩著嘴，不好意思的笑著。

兒子站在前頭，楞頭楞腦的發呆。

老闆忽然俯下身來，朝著兒子說：

「小弟弟！以後不要只顧著送花給女朋友，也要記得送花給媽媽哦！不一定要花很多錢，兩朵花，加上一些些滿天星，就夠她哭了。」

他朝我睞了睞眼睛，然後，壓低了聲音，故示鄭重的說：

「媽媽都是很好騙的啦！」

——原載民國七十七年六月廿日《中國時報》

謝師禮

前年教師節前，孩子要求當天能帶些禮物去探望老師，難得孩子們有心，我當然慨允。

然而，連日忙碌，一直到二十八日早上，才急急趕到百貨公司去選購禮物。匆忙之中，忽然在超市角落，看到一抹誘人的粉藍，是那種無論視覺或觸感都教人打從心底喜歡的羽毛被，當下不假思索，與匆匆扛回了兩床。

一進門，兩個孩子滿懷期待地圍觀，一看是被子，不約而同嚎啕痛哭起來，恨聲地說：「那有人送老師棉被的！被同學知道了要笑死的。多俗氣啊！」

我一下子被潑了盆冷水，幾乎要惱羞成怒，再三和他們解說大人們的觀點和他們不同及棉被的實用價值等，兩個孩子根本聽不進去，只是哭！三個人便在充滿了陽光的客廳裡各懷心事地賭氣著。

其實，在孩子們悽慘的哭聲中，我也慢慢反省到自己的本位主義也許是一個錯誤，我不得不承認，時光如果倒流，面對這床棉被，我恐亦只有痛哭抗議的份兒。然而棉被已經買了，何況，對那抹淺藍的魅力，我仍深具信心。最後，在我恩威並施下，孩子們只好含淚就範。

這般局面，實是始料未及，我心情沉重的載送他們去，孩子們下車後，仍在車門旁佇立許久，才紅著眼、萬分不情願的按電鈴。老師出來了，我突然莫名的緊張起來，說實在的，我對老師的了解不深，萬一她對著棉被大笑，或者竟什麼話也不說，則孩子對我僅存的些許信賴，將可能毀於一旦。

老師客氣的請我們進去，聊著，並當場打開禮物，隨即綻開了一臉燦爛的笑容，高興地朝兒子說：

「哇！好棒！好漂亮！以後，只要一到秋天，我蓋上這床棉被，就一定會想起你來，真是謝謝！不敢當啊！」

聽了這話，兩個眉頭深鎖的孩子同時破涕為笑，回過頭遞給我一抹不好意思的笑，那一剎那，我如釋重負，竟差一點兒哭了起來。

——原載民國七十八年十月廿三日《中國時報》

同情

漫漫暑假，孩子們精力旺盛，四處遊山玩水，玩得不亦樂乎。外子和我唯恐金錢的大量支出會養成他們浪費的習性，於是，由我召集孩子，曉以大義：

「最近，我們花了很多錢，爸爸媽媽必須要很努力，才能再賺回來。所以，從今以後，大夥兒都得節省點兒，知道嗎？」

兒子出國旅遊一趟，花費最多。因此，連連點頭稱是，女兒則無限同情地回房裡拿出撲滿要救濟我。

過了好些天，外子有應酬，不回家吃晚飯，我因寫作一篇文章，耽誤了做晚飯。兒子於是提議到師大附近解決民生問題。我每回認真寫作起來，總是茶飯不思，把自己攪得狼狽萬分，披頭散髮。那日，因時間已晚，我也來不及打點自己，便偕兒女出門。

在「大碗公牛肉麵館」裡，母子三人望著價目表低聲商量。兒子原要了一碗牛肉麵，隨即

改口只要牛肉湯麵，我問為什麼，他悄悄地說：

「你不是沒什麼錢了嗎？省一點吧！」

我莞爾一笑，也低聲回說：

「沒關係啦，吃一碗牛肉麵的錢還有啦。」

我回身問女兒，二十個牛肉餃子行嗎？女兒也悄聲地說：

「十個豬肉餃子就好了啦！牛肉的比較貴，你不是很可憐，沒錢了嗎？」

這時，我忽然發覺隔壁桌一位年約五十的男子正靜靜地聆聽我們的對白，我紅著臉對女兒解釋：

「二十個牛肉餃子還不成問題啦！飯總是得吃飽的嘛！對不對！」

於是，我做主叫了兩碗牛肉麵及二十個牛肉餃子。一邊吃，女兒還一邊憂心地問：「真的還有錢嗎？那你不是得工作到很晚嗎？」

付帳的時候，櫃台的太太客氣地告訴我們：

「剛才，坐你們隔壁桌的那位先生付過了，他不是你們的朋友嗎？」

我瞠目結舌，不知所以。隨即拔腿追出店外。四顧茫然，但見一波波人潮流水般移動著，那還有那人蹤影？我怏怏然回身拉起孩子的手，不小心看見鄰店的落地長鏡裡——一位憔悴欲死的女人拖著兩個失措的孩子。

於是，我亦如那善心的男子般，開始疑心起是否真有一個窮困悲苦且體貼動人的故事在其間發生。

——原載民國七十九年十月十八日《中國時報》

只要有愛

孩子上學，總是揹著奇重無比的書包。小小的身軀，在重壓之下，彎腰駝背，整個人顯得沉滯瘦弱。我常常心生不忍，背著一向強調培養孩子獨立自主習慣的外子，偷偷地趁授課之便，用車子順道送送兩個小傢伙。

平常的日子裡，小學的校門口總會站一位導護老師，百無聊賴的回應著從四面八方蜂擁而至的小朋友的敬禮。

一個下雨天，我特別注意到門口那位撐著黑傘的先生態度顯然和其他老師很是不同。他親切的向小朋友答禮，並且不斷地說：

「好！乖！不要踩到水了。來！走這邊！」

「嗯！早！穿這麼少，不冷嗎？快進教室。」

車子徐徐開動，我從後視鏡裡看到女兒很莊重的向他行了個舉手禮，他摸了摸她的頭，不知說了些什麼。

那天傍晚，女兒回來，驕傲地跟我介紹，那是他們的校長。她說：

「我們校長對我很好耶！有一次他還問我怎麼個子長得這麼矮，是新街國校的小朋友嗎？還叫我要多吃飯喲！」

這是我第一次聽到孩子提到他們的校長，那種感覺很溫暖。後來我才知道這位校長是新近才調來的。其後，好幾個下雨天，我都看見他撐了把黑傘，站在那兒。

一天中午，我應孩子的要求送便當到學校去。整個校園像一鍋剛煮沸的開水，熱騰騰的。我看著孩子把便當吃完，帶他們到福利社買盒鮮奶。在福利社，我又看見了他，他背對著我，正朝一位小朋友說：

「吃過飯了嗎？先吃飯才能喝飲料哦！」

小朋友吐了吐舌頭，飛快地跑了。他回過頭，兒子朝他行了禮，女兒嬌俏地說「校長好」，他看見我們及我手上的便當，撫了撫女兒的頭，問：

「怎麼？不肯吃媽媽做的便當，到福利社來買東西吃嗎？」

我含笑點頭為禮，簡單說明狀況。校長頷首走出福利社，我望著他的背影，心裡著實為孩子感到高興。一個肯犧牲午覺到福利社看看孩子的消費情況的校長，應是一位具有充分教育熱忱的人吧！

去年，兒子開始參加學校乒乓球隊，傍晚下課常要留下練球。一天，我心血來潮，去看看他球技進展如何。在學校乒乓球教室外，我又看見校長背對著我站立著，很高興的為孩子們加油著：

「好！這個厲害！」

「嗯！好球！這個球殺得好！」

「唉！唉！這個球可惜了！出界了。」

孩子們在校長的加油聲裡，打得分外起勁兒。練球完畢，大夥兒收拾了球拍，準備回家。校長急急的說：

「唉！這樣不行，要先把汗擦乾。」

他把手插進一位小朋友的後領口中，一個勁兒說：

「這樣不行！這樣不行。你一頭汗，這樣出去，吹了風，準感冒。來來！先擦乾，

擦乾……」

我站在窗外，眼睛都溫熱起來。誰說鄉下學校不好！只要有愛，就是孩子的福氣啊！

——原載民國七十七年二月十三日《中國時報》

母與子

為了慶祝兒子小學畢業，我們特地為他報名為期十一天的日韓少年營，讓他到海外玩玩，體驗一下另一種生活，順便為即將展開的國中生涯充充電。

報名過後，我開始有些兒擔心。兒子自小喜歡冒險犯難，到那裡去都是一馬當先，從不肯安分守己地在我們視線範圍內活動，常要勞師動眾滿街找他，雖然事後總是安全落網，但總不免虛驚一場。雖然屢次證明他夠冷靜、頗獨立，但出門在外，加上言語不通，我怕他故技重施，平添導遊的麻煩。於是，每日臨睡前，加強思想教育，請他務必服從領導，恪守團紀，幾天下來，搞得他不耐煩至極，天天巴望早日脫離我的「魔」掌，飛身海外。我則有些「兒大不由娘」的悲哀，心下暗自發誓，他「流亡」海外期間，絕不打電話給他，以免增長他的氣燄。

母子二人，各懷心事分手。前三天，大夥兒相安無事。兒子本來也不是個聒噪的人，缺他一人，家中倒也無大變化。只是女兒開始叨念著哥哥，攪得我心思起伏。然而，為了杜絕「婦人之仁」之譏，並表現巾幗英雄的豪邁，我不斷勉勵自己：

「也不過是一次旅行罷了，不要管他啦！不會有什麼事的啦！」

為了貫徹決心，我甚至不停地在家人面前宣告：

「我們都不要打電話過去，才幾天嘛！對不對？」

我把旅行社留下來的行程表及電話號碼藏在抽屜的底層，刻意離它遠遠的。兒子臨走前，我雖然沒叮嚀他得打電話回來報平安，但卻曾再三教導他如何使用國際電話，我以為他會明白我的意思，所以，一直期待他打回來。偏是那些天，電話特別多，我向每一個打電話進來的人致歉，請他們長話短說，因為正等個國際電話。可恨的是，過盡千帆皆不是，我像一個戀愛中的女子一般，哀怨、委屈，外加一些些氣憤。

五天過去了，一點訊息也沒有，我由原先的氣惱開始轉為焦急，揣想會不會發生什麼意外。第六天，實在憋不住了，趁著傍晚外子尚未返家，翻出了行程表，偷偷掛了通國際電話到日本。電話那頭傳來兒子稚嫩而興奮的童音：

「我們坐船由韓國釜山到大阪，在船上，好好玩哦！我的室友……」

我岔開他的話題，問他：

「怎麼不打電話回來？害爸爸擔心……」

兒子輕描淡寫地一筆帶過：

「有什麼好擔心的嘛！我們每天都玩得好開心，昨天才有意思哪！林昱廷的帽子……」

我好幾次想問他旅途上有沒有想我，終究還是把話吞了進去。兒子是個爽快人，不耐煩這種婆婆媽媽的行徑，我最好識相些。

掛下電話，外子正好下班。我一時忘記自己信誓旦旦不主動打電話的事，喜孜孜的轉述兒子的話，講著講著，覺得自己實在過分的眉開眼笑，有些兒可恥。

既然平安無事，且他又如此全無一絲惦記，倒真刺激了我，爭氣地不再打電話過去。第九天清晨，電話鈴震天價響，我從睡夢中驚醒，兒子劈頭就說：

「我在韓國給妹妹買了個小矮人娃娃。回去的時候，打算在免稅店給爸帶一瓶酒。什麼酒好，你知道嗎？」

我趕緊阻止他：

「什麼酒都不用買，你也沒帶多少錢，就花掉好了。酒很貴的。」

電話突然斷了。過了一會兒，又通了，兒子很堅持：

「小孩子不能帶酒，我已經拜託領隊的大哥哥幫忙，他答應了。他說『人頭馬』好，你說好不好？」

我一再告訴他，不用了。國際電話時續時斷，母子二人就在斷斷續續的談話中，為著買不買酒相互客氣著。電話臨掛前，兒子又說：

「那你呢？我已經幫你買了個別針，還打算再買些化妝品，你需要什麼？乳液？口紅？還是粉？」

這回，我幾乎是用命令的口氣說：

「絕對不用買！化妝品台灣多的是，犯不著跑到日本去買。何況，你才帶多少錢？」兒子乖巧的回說：

「不要擔心錢，我一路上幾乎都沒花錢，省省的用，夠的啦！人家要送你一個比較好的禮物嘛！」

說完，電話又斷了。我坐在客廳中，看著陽台上一盆盆深綠色盆栽正安詳舒徐地挺立著，覺得人生真是靜美可愛，眼淚竟濟濟掉了一臉。

兒子終於回來了。我們舉家到機場迎接。拖著行李從海關出來的兒子，端正持重，帶著點兒成人的風霜。看到我們，再顧不得矯揉的身段，丟下行李，猛地衝過來，把我抱得緊緊的，母子一場，這種熱情場面還是第一遭，我情感充沛的問他：

「有沒有想我們呀？」

他埋著頭，許久沒說話，好一會兒，抬起頭，顧左右而言他，硬是不肯給可憐的老媽一點虛榮心的滿足。

回到家，打開皮箱，原本只裝了幾件衣物的箱子，填得滿滿的。坐在臥房的地板上，他開始發放禮物。妹妹得到書籤、髮夾、玩具、娃娃；爸爸除了一瓶價值不菲的法國酒外，還有車上的小掛飾、裁信刀；我則得了胸針、項鍊、風鈴和一盒營養霜，他鄭重的交給我，說：

「這盒營養霜最重要，我發現你最近皺紋愈來愈多，應該好好保養，否則，會很快變老，你要認真擦喲！」

東大寺的御念珠是為喜歡到各處去拜拜的祖母買的，遠在潭子的外婆也有一對木製擺飾娃娃，連他小學老師都得了個裝印章的小皮包……。

禮物發放完畢，他神祕地叫我到他房裡，把手上掩掩藏藏掂著的東西遞給我，說：「這是從日本明治神宮買來的香袋，一個紅的，一個白的，是一對，我特地為你買的。只要你把它送給爸爸，你們就能永浴愛河、白頭偕老。真的，聽說很靈的。」接下來的日子簡直是從未有過的安詳和諧。兄妹間一貫的口角爭執全沒了，兄友妹恭，兩人輕聲細語的說話，親密得教人詫異；兒子一反常態的，常膩到我身邊敘說種種瑣事；對爸爸的話，更是言聽計從，全無異議，我樂觀的以為「蔡家之春」提前到來。

可惜的是，好景不常。不到一個禮拜，開始聽到兒子的抱怨：

「買給你的玩具都不好好的保管，隨便亂丟在地上，再不收好，我就沒收。」

「所有錢都給你們買了禮物，我自己幾乎什麼東西都沒留下，你還不聽我的話。討厭！」

接著聽到女兒也開始反擊：

「送給人家的東西怎麼可以再要回去，差勁！」

「拿回去就拿回去！禮物送給人家了，你管我怎麼用！……什麼了不起！我為什麼就要聽你的！」

然後，兩個人不停地跑來求取評理。一個心疼大老遠買回來的禮物，沒得到善待；一個委屈接受禮物的同時，得接受不合理的約束；各說各話，似乎都不無道理，攪得我調停無功，大費唇舌。一日，實在氣惱不過，嚴詞重責了一番，女兒倒是無話可說，兒子可覺委屈至極，抽抽咽咽，萬念俱灰地回說：

「我對你們那樣好，出國什麼錢都捨不得花，就念著給你們買禮物，你們就這樣對待我……我還去明治神宮為你們求神，保佑你們白首偕老。你還罵我！……我真倒楣哦！」

——原載民國七十九年十一月十九日《中華時報》

一張謝卡

電話那頭傳來稚嫩的童音。

女兒在學校病了，發燒，希望我能去接她回來。小男生條理分明的說著，並自我介紹他是女兒鄰座的同學，叫盛〇帆。

為了怕學校附近不好停車，我央求他帶女兒到校門口來，他爽快的答應了，並禮貌的掛了電話。

急急趕到校門口，中午時分，歹毒的太陽下，兩個牽著手的小小身影躍入眼中。女兒旁邊那位瘦瘦小小、理著平頭的小男生看到車子停靠下來，把女兒往前一推，一溜煙跑了。女兒上了車，證實了就是那位打電話的男孩兒，我直誇他熱心又有禮。女兒說：「他是今天表現特別好！你知道嗎？我們全班沒有人願意跟他坐一起，我最倒楣了，老師指定我坐他旁邊。」

我怪女兒不識好人心，不該這樣說。女兒不好意思的說：

「其實，今天我是很感謝他的啦！不過，我說的都是實話。我以前不是跟你講過嗎？他爸爸媽媽離婚，誰都不要他，他只好跟祖父住，每天髒兮兮的，又沒有教養，常常欺負同學，又常講粗野話。上回，不是有人在我便當蓋上用奇異筆寫三字經嗎？就是他！」

她這一說，我倒記起來了，為了這事，我還特別打電話和他們老師溝通過，請她在班上提醒同學不要說髒話。而女兒的確也常絮絮叨叨和我談到一位調皮搗蛋又身世可憐的孩子，一下子說他沒吃午餐，一下子說他把誰弄哭了，一下子又說他和誰吵架了，雖然對他的事蹟早已耳熟能詳，因為從沒認真去記名字，所以，也沒拿那瘦小的身影和這些劣跡聯想在一塊兒。

然而，也不過是三年級的小朋友罷了，能有多罪大惡極呢？何況，方才一瞥，也是個老實端正的模樣。家庭不幸，更需要別人的關懷，而素行不良的人，如有好表現，不是更應該得到鼓勵嗎？於是，那晚，我包裝了幾枝鉛筆和一些小貼紙，用卡片貼在上頭，寫：

「送一點小禮物，謝謝盛〇帆小朋友的幫忙。蔡媽媽上。」

第二天，女兒回來，說小男生接到禮物後，高興得跳起來，老師也公開表揚他。不過，女兒接著吞吞吐吐的說：

「有件事我說了媽媽不要傷心哦！他高興地拿鉛筆來和其他小朋友玩，結果不小心把三枝筆全丟進了陰溝裡，好可惜！」

我愣了一下，不免有點兒失望，可又不能夥同著女兒一起責備他，只好說：

「我們只要表達了心意就行，禮物既然送給他，就隨他怎麼處理了。」

次日中午，我送便當去給女兒，一進教室，同學就鼓譟著喊：

「盛〇帆，蔡媽媽來了。」

那位黑瘦的男孩兒在教室後頭，正拿著筷子和一位男生惡作劇地比劃著，聽到了這話，猶豫了一下，隨即紅著臉，小跑步過來，衝著我深深一鞠躬說：

「謝謝蔡媽媽！」

馬上有人抱不平的告狀，提到那三枝筆的下落。男孩兒窘得臉愈發紅了，看起來很不安，是那麼教人心疼的乾瘦呀！我心裡隱隱有些痛，故意假裝沒聽到那些指控，笑著朝他說：

「以後，含文還要你多照顧哦！」

他如釋重負般的點點頭，吐著舌頭飛快地跑了。女兒打開書包，從裡頭掏出一張皺巴巴且微微發黃的卡片，說是盛〇帆早上來的時候請她回家轉交給我的。信封四周用鉛筆很用心地畫了許多小動物：大象、小狗、小貓、米老鼠……等，中間大大地寫了幾個字：

「謝謝蔡媽媽送給盛〇帆的禮物。」

女兒在旁邊直嘟囔著：

「連謝謝的『謝』都不會寫，還是我教他的哪！」

我拆開來看，是一張恭賀新禧的卡片，三位紮著小辮兒的小朋友，一位掩耳點爆竹，一位拍手，一位作勢要逃。我打開卡片，裡頭簡淨地印著：

「爆竹一聲除舊歲！」

沒寫別的字。

我眼眶一熱，急急放下飯盒，衝出教室。

外頭陽光璀璨，世界靜美。我在信義路上斑斑駁駁的行道樹下緩步行走，不知道這樣一張文不對題的卡片為什麼招得我心酸淚落，不能自已。

——原載民國七十八年十一月十日《中國時報》

卷二　春天的事

女兒與路隊長

女兒從學校回來，難掩喜悅之情。是那種刻意假裝不在乎，其實是眉眼全笑開了的做作。我是個頗為識相的母親，連忙配合她急需我們向她表示關切的意圖，提出問題。她故意擺出萬分不情願的表情說：

「其實，我才不想做什麼路隊長的！很麻煩的耶！還要以身作則，不許講話耶。」

原來是當上了她夢寐以求的「長」字輩人物，這可是我們家的大消息。他們兄妹二人，多年來一直企羨當「長」而不可得，如今居然得償宿願，確實是不得了的喜事。我一方面為她感到高興，一方面心裡也不無疑惑。像她這般既混亂又缺乏人脈的人，居然當上了路隊長，實在是教人匪夷所思。我們當然不好把這樣的疑惑搬上檯面來討論，只是恭喜她。

這樁事，對她而言，想必是意義重大，只聽她每日放學在我耳邊絮絮叨叨的報告當官心得。又是誰不聽指揮啦！又是誰過馬路不安分啦！誰又把她氣壞啦！說來說去，就那兩、三個名字。我為了表示很把她的話當一回事，偶爾也撿選些話題來搭腔。有一天，我便問她：

「每次就聽你說這幾個人，其他人呢？你那隊上到底有幾個人？」

「連我一共四個人啊！」

我聽了差點沒捧腹大笑起來，可是，瞧她一臉鄭重其事，趕緊小心地藏起幾乎掩飾不住的笑，一點也不敢露出輕忽的表情。雖說努力隱忍，女兒畢竟還是看穿了我的心事，很不開心的打我官腔：

「你不要以為人少！我們老師說，人少才更要管得好，人愈少愈不容易管耶！」

我趕緊敬謹點頭稱是。而為了表示英雄所見略同，我還附和了些比喻不倫的愚蠢話：

「是啊！愈少人本來就愈難管。就好像字的筆劃愈少的，愈不容易寫得好看；文章也是，愈短愈不容易寫……」

扯到後來，連自己都覺得無聊，只好草草以低聲呢喃作結，故意不去看外子投過來的狐疑的眼光。

一日，我傍晚開車回家，途經中正紀念堂側門，正巧碰到女兒的學校放學。我放慢了車速，在閃動跳躍、聒噪不休的學生群中，忽然看到一個小人兒揹著沉沉的書包踽踽獨行。我將車子停靠路邊，示意她上車。我覺得奇怪，問她：

「怎麼就你一個人？你的那些隊友呢？」

她天真的回答：

「他們三個人一過馬路，就搭公車走了呀！」

她接著歎了口氣，老氣橫秋地補充：

「唉呀！每天都還沒有管到就上車去了，真可惜！」

這回，我再也忍俊不住笑了起來，她們學校橫過馬路就是公車站牌，中間距離不過一百公尺左右，真虧她每天還能找到那麼多事件來向我報告。這個隊長也真做得太不過癮了。

女兒見我笑她，有點兒受傷害似的緊閉了嘴。我從後視鏡看她悵悵然望著窗外，深悔自己的孟浪。為求彌補這無心之失，我搜盡枯腸，不惜自毀形象地安慰她：

「你不錯囉，還有同學選你做路隊長，媽媽以前好想當都當不上，好可憐哦！」

女兒回過眼，幽幽地回說：

「哪裡是同學選的哦！是老師說的啦！」

本想鼓勵她一下的，看來是使錯了力了。不過，沒關係，再接再厲，我另闢蹊徑：

「也不容易呀！對不對？一定是老師覺得你不錯，才選你的，對不對？」

她一聽這話，更加沮喪了，說：

「才不是哪！老師說誰的家住得最遠，就是誰當。我是我們那一隊裡頭，走路走最遠的。」

我被她這一節節進逼，幾乎是潰不成軍，這會兒輪到我閉上了嘴。

車子在人潮中徐徐前行，車窗外的黃昏，是熱烈過了頭後的闌珊，我內心慘怛，無以復加，喉頭緊緊地。我恨自己弄巧成拙，平白無故把一樁原本快樂的事，抽絲剝繭至赤裸裸的境地，以至母女二人都再無假象可資憑藉。

正當我陷入深深的自責而萬分沮喪時，女兒忽然從後座湊上前來，轉憂為喜地笑了起來，純真地說：

「幸好我們家住得遠，對不對？媽媽。」

我急急點頭稱是，筆直地望著前方，一些些也不敢回頭，怕女兒看出了蓄在我眼裡的淚。

我決定回家後的第一件事就是丟掉那本「怎樣和孩子說話」的書。

——原載民國七十九年八月十四日《中國時報》

學做淑女

女兒剛上小學時，因為只上半天班，我在附近的大學夜間部裡，託人找了位女學生來和她作伴。除了看著女兒寫功課外，當然更希望能陪她玩玩兒。

女學生是那種一看便知十分乖巧的女孩兒，留著兩條長長的辮子，長得楚楚動人。來面談時，我們夫妻二人曾和她談了約莫半個鐘頭，從頭到尾，她大概說不到十句話，問三才答一，害羞得不得了。偏是女兒熱情得很，又看上了她頭上兩條長辮子，羨慕極了。在她身邊轉來轉去，逗著她玩兒。女學生走了以後，我們有些擔心這樣文靜沉穩的個性能否勝任比較需要熱情活力的工作。可是，女兒同我們說：

「我喜歡這個大姊姊，她說以後要教我梳辮子。」

既然主角都這麼說了，我們旁觀者還有什麼好說的，外子只好說：

「也好，文文靜靜的，讓女兒跟著學，將來做個淑女。」

其後，每回黃昏回家，女兒總像敘述連續劇般帶來女學生的消息：

「大姊姊說她今天心情不好，不想講話，也不想聽我講話，我很乖哦！真的沒講話咧！」

「今天我放錄音帶給大姊姊聽，結果大姊姊聽了以後，在沙發上睡著了。」

「今天大姊姊帶她男朋友來，我拿照片給他們看。大姊姊的男朋友很帥哦！」

「今天大姊姊要考試，叫我不要吵她。我很乖哦，都自己玩，沒有吵到大姊姊看書。」

「大姊姊說她考試要考兩個星期。為什麼大姊姊考試要考那麼久？我們都才考兩天呀。」

「今天大姊姊有事，打電話來，叫我乖乖自己做功課……她叫我不要告訴你，你要保密哦！」

然後，有一天，我提早回家，女兒在門口躡手

躡腳攔住了我，把食指比在唇邊，警告我：

「噓！小聲一點，不要弄出聲音，大姊姊在睡覺，叫我不可以吵她，也不要聽錄音帶。」

大姊姊做了一學期後走了。女兒情致纏綿的畫了張卡片送她，卡片上是一個垂眼斂眉的長辮子女孩兒。有一天，我打趣的問女兒：

「大姊姊來了一學期，你學會編辮子沒？」

女兒沮喪的說：

「大姊姊說要有假髮才能學，她的頭髮不能拿來當實驗品。」

其後，我們每次提到這位女學生，女兒總是說：「那一個不讓我講話的大姊姊。」

——原載民國七十八年九月十八日《中國時報》

輸給巴戈

女兒的學校舉行運動會，非要我去共襄盛舉。當我到學校時，運動會正進行到一半。突然一陣騷動，許多小朋友急驚風似的衝下樓梯，嘴裡直嚷著：

「巴戈欸！巴戈來了欸！」

我從二樓的走道往下望，一大群小朋友簇擁著巴戈，正爭相請他簽名。一會兒，同學陸續上來了，有的高興得手舞足蹈；有的垂頭喪氣，一位女兒的男同學衝著我驕傲的說：

「阿姨，我有兩個巴戈的簽名欸！兩個欸！」

女兒一旁羨慕的請求著：

「送我一個嘛，好不好？」

男孩兒稀罕地說：

「才不哪！我擠了半天才要來的，擠了兩次欸！很辛苦欸！」

女兒惆悵莫名的低下頭，我不忍心的仗義幫忙，說：

「沒關係啦！我幫你簽啦！」

女兒抬起頭，問：

「簽什麼？巴戈嗎？」

我一下子愣住了，原是要假冒巴戈代簽的，讓她這一揭穿，倒不好意思了。於是，改口：

「當然是簽我自己的名字囉！」

女兒沮喪的說：

「簽你的名字？誰要！」

這回輪到我不服氣了，我恬顏自吹自擂一番：

「我是老師，又是作家欸！」

「作家和老師有什麼用？你又不是巴戈，我們同學又不認識你。」

一日，傍晚下課回來，女兒興奮地說：

「好好哦！巴戈都騎摩托車來接他女兒欸！白色的摩托車欸！」

我順口說：

「那有什麼！我還不是也常騎車去接你嗎？」

女兒看了我一眼，很抱歉的說：

「可惜你不是巴戈！」

——原載民國七十八年九月十七日《中國時報》

有女懷春

一星期裡，女兒有兩個下午不用上課。

中午吃過飯，母女二人在書房裡，各據一張桌子做功課。兩張桌子間，矗立了一株翠綠的盆栽，高聳近天花板。從百葉窗間不小心滲進來的陽光，透過綠葉，斑斑駁駁的映在女兒的小桌子上。風吹影動，我們就在撲朔迷離的午後陽光裡，一邊做著手邊的事，一邊聊著。

通常，我利用這段時間回一些信，或看些閒書，不花很多腦筋，女兒則一邊寫著國語或算術的作業，一邊和我談著早上在學校發生的事，私人的恩怨、團體的榮辱，鉅細靡遺的。二人隔著樹影，時而交換個會心的微笑，時而，女兒起身膩到我身邊，挨擠著，說些悄悄話。遇到開心的事，則二人拊掌大樂、笑鬧成一堆。這一段午後的交心時間，是一場場豐富的心靈盛筵。

三年級開學後，有一大段時間，女兒接連著和我細說著同一個小男孩兒：

「今天我們開同樂會，朱公表演頑皮豹，好像哦！好好玩，我們同學都笑死了。」

「今天朱公代表我們班上參加演講比賽，他講得好好哦！」

「朱公很照顧我們女生哦！今天他還幫我搬桌子耶！朱公長得很瀟灑哦！不信你去看！」

「朱公留龐克頭耶，現在最流行的耶！」

我一邊寫信或看書，一邊無意識的收聽著，偶爾順口搭腔一下，並不當一回事。

一天，我去學校接她，她排著路隊出來，看到我，偷偷地附耳指著隊伍最前端的男孩兒說：

「就是他！瀟灑吧！」

我一下子腦子轉不過來，茫然地問：

「誰呀？」

「朱公呀！我不是跟你講過嗎？」

我恍然大悟，仔細端詳，一個留著小平頭的男孩，很普通的，並不特別出色，女兒害羞又興奮的跟我介紹：

「朱公，這是我媽。」

我看著她那忸怩的樣子，心頭一驚。還不滿九歲耶，未免太早了吧！

從此以後，朱公的一舉一動、一顰一笑，都成了女兒報導的焦點。有一天，兒子從學校回來，跟我說：

「媽，我今天看到妹妹班上的那個朱公，土死了，妹妹的眼光有問題。」

妹妹氣得不得了，力辯不果，當場和她哥哥切八斷，斷交。

一日午後，女兒支頤發呆很久，突然問我：

「媽！每次朱公跟我說話，我的心就怦怦跳，這是不是就算愛上他了？」

我嚇了一跳，手上的書差點兒掉了。我望著她熱切的眼，只好坦白的回說：

「大概是吧……可能講『喜歡』比較對吧！」

女兒大概沒聽到後一句，她無限快樂的說：

「今天放學的時候，他跟我飛吻！樣子好瀟灑哦！你都不知道。害我一路上都開心得不得了……」

我聽得目瞪口呆，不知如何接腔。吾家有女初長成，一種寂寞的感覺慢慢地向我席捲而來。可是，沒這道理呀！她才多大？九歲不到耶！

我不動聲色的聽著，和她談著。一個月以後，有關朱公的種種消息愈來愈少，終至有一大段時間全失了訊息，我試探的問：

「朱公呢？最近怎麼沒聽你提他？」

女兒撇撇嘴，老氣橫秋的說：

「我早就不再愛他了。我愈來愈覺得他不夠穩重，至少要像爸爸這樣才行，對不對？反正我才三年級嘛！我要慢慢找！我還會有國中同學、高中同學、大學同學哪……」

——原載民國七十八年九月十七日《中國時報》

實習老師

女兒的學校分發來一批市立師院的實習老師。那些日子，女兒總是興奮地不得了，每日細節詳盡的向我報告每位老師的一言一行、一顰一笑。即將為人師表的這些師院學生，聽起來個個熱情洋溢，充滿了初為人師的喜悅。

相較於原來的教師，這些實習老師固然較嫌生澀，但因天真年輕、精力充沛且充滿教學熱忱，把學生帶得個個忽忽若狂，每天視上學為樂事。

有一天，放學後，女兒意外地神情抑鬱不歡，我正要開口探詢，她即輕聲啜泣起來說：

「今天，我們比賽拔河輸了，回去教室時，我們實習老師一邊走，一邊哭，在教室裡，還一邊訓話、一邊擦眼淚，愈講哭得愈傷心。我們全班同學也都哭得好慘。」

我覺得有些好笑，為了一場比賽？老師也未免太小題大作了。我於是刺探地問女兒：

「你們為什麼哭？以前你們也不是沒輸過，也沒聽說你們哭了。」

女兒很天真地說：

「我們哭是因為老師哭嘛！都是我們不乖，才惹老師傷心。」

那晚，在飯桌上，我不以為然地和外子說：

「畢竟是實習老師，沒經驗，比賽有贏有輸，何必這麼在意成績？」

對這般的批評，女兒雖然沒加以辯駁，但可以明顯看出不表同意。到了臨睡前，她忽然鄭重其事的跑到書房裡，護短地跟我辯稱：

「其實，我們老師也不是因為比賽輸了哭的，是因為我們不團結而哭的。我們老師很好的耶！」

一個月後，實習結束。歡送會上師生又相對哭了一場。女兒紅著眼圈拿回一張寫滿了勉勵的話的書籤。天天捧來捧去，晚上還鄭重其事地放在枕頭下，她情致纏綿地宣告：

「這是我們老師的『遺言』，我要永遠記住。」

——原載民國七十九年九月廿八日《中國時報》

男孩與空心菜

周末，女兒邀了幾位同學到家裡來，我特別注意那位瘦小、父母離異的男孩兒。女兒常說他頑皮搗蛋、很讓老師傷腦筋。那天倒是出奇的彬彬有禮！他帶著弟弟來，弟弟長得精壯活潑，似乎比他還高了半個頭，他不時權威地用眼神約束弟弟其實並不逾越的行為。我聯想起女兒以前每天放學後像連續劇般報導的劣跡；再看看眼前拘謹得幾乎失了天真的矜持，不禁有些愴然。我婉言告訴他，不用如此拘禮，他或者為一洗前科紀錄，仍是一點也不敢玩得盡興！

傍晚時分，我在廚房裡忙著。孩子們不時從廚房外開心地呼嘯而過，笑鬧追打，幾達忘我境界，沒有人有空理我。只有他不時到門口來和我聊兩句。我問他女兒在學校的表現、學校發生的好玩的事及功課有沒有困難等，他都很鄭重地回答。我一邊處理手邊的菜，一邊有一搭沒一搭地和他聊著。

當我從冰箱裡取出一把空心菜時，他眼睛忽然一亮，忙不迭地問：

「阿姨！你們今天晚上要炒這種菜嗎？」

「是啊！你喜歡吃嗎？」

男孩神色亢奮地幾乎要口齒不清了：

「我最喜歡吃了。我媽以前就最喜歡炒這種菜，我媽炒得好好吃。現在我阿嬤都不肯煮，她說她咬不動。」

談起了媽媽以後，話題就廣了。他驕傲地提起了爸媽離婚前，曾經帶他到各處去玩的事：

「我沒有騙你哦！有一個地方，一進去就可以看到一隻好大好大的猩猩。眼珠子還會動耶！好好玩哦！可惜我忘了那個遊樂區的名字了。」

不知何時也湊過來的弟弟一臉迷惘地問：

「我怎麼都不記得了？我有沒有去？」

他沒理會他弟弟，逕自惆悵地說：

「我媽好久沒回來看我們。她又嫁人了，一年多了，我阿嬤說，她又生了娃娃了。」

他說時，眼裡隱然有淚，垂下頭：

「我幾乎都快忘了她長什麼樣子了。」

我想擁他入懷，卻是一步也動彈不得，連開口安慰都不敢，怕一開口，就會不爭氣地落淚。

然後，他說父親亦不住家裡，在外頭和另一個女人同居，語氣裡充滿了怨懟：

「我爸爸本來說今年生日的時候要送我電動玩具的，可是，生日都過了，也沒有送。生日那天，我一直等到半夜，在樓梯口睡著了，他都沒有回來，……一定是那個老菸槍不讓他回來。」

他見我疑惑，忙解釋說：

「就是跟他住的那個老女人啦！長得好醜、又愛抽菸！我們都很討厭她……不知道媽媽什麼時候會回來看我們！」

我再也忍不住，佯裝轉身，悄悄拭淚！第一次感覺到言語是如此不濟事，說什麼都多餘。

那晚，我讓他打電話徵求祖母同意，就在我家用晚餐。電話掛斷，他從沙發上跳起，高興地和弟弟相擁開懷大笑，隨即不好意思地紅暈上臉。

我刻意為孩子多做了幾道菜，他弟弟左右開弓，吃得兩頰鼓脹，說話語焉不詳。他幾乎不夾其他的魚肉，就相準了那盤空心

菜，一筷子又一筷子的夾，我看了鼻酸，索性把那盤青菜調到他跟前，他害羞地低下頭，靦靦地說：

「很好吃！……跟我媽媽炒的一樣好吃！」

不明就裡的兒子在一旁高興地慫恿：

「你最好整盤吃掉它，要不然我們就慘了，會被強制分配，難吃死了！」

——原載民國七十九年八月十三日《中國時報》

小小租書店

星期天早晨，我在廚房裡張羅著，老爺子在書房裡看書，女兒也靜靜地坐在客廳中畫小人兒。只有兒子，在書房、客廳、臥房間穿梭往來，不知道在忙些什麼。

等到廚房的工作告一段落，我脫下圍裙，到客廳坐下，才發現他原來在整理自己的課外書籍。這個小人兒一向鬼點子多，三天兩頭有新花樣，學校的老師和我都有些招架不住，對他如此這般的勤奮乖巧，憑良心說，沒多大信心，我於是嚴陣以待。

果然不出所料，一切大致就緒後，他東瞧瞧、西看看，然後回頭問我：

「媽！你有沒有大一點的簿子？」

「幹什麼用的？」我戒慎的反問。

「暑假快到了，我打算開個租書店，把書租給小朋友看。你送我一本大簿子，我要把所有的書登記起來。」

我急急的搖頭：

「又來了！不行！怎麼可以，人小鬼大，一天到晚胡思亂想。」

「去年爸爸不肯，說我太小，今年已經長大了一歲，二年級了耶！老說人家小……」

「我不管你！這個事情，你得問爸爸。」

我一邊把這個棘手的問題丟出去，一邊回想起去年的暑假：

一晚，兒子拿了一些書本到房裡問他爸爸：

「這些書我都已經看過了，如果把它賣掉，一本大概賣多少錢比較好？」

他爸爸嚇了一大跳，仔細再加詢問，他胸有成竹的回說：

「反正這些書也不看了。我看媽媽每次賣舊報紙雜誌給收破爛的人，一大堆才幾塊錢，好可惜。我有很多小朋友來看過了，都很喜歡這些書，我打算比較便宜賣給他們，我就可以不用跟你們要零用錢了。」

居然都已經瞞著我們做過市場調查了！外子和我面面相覷，有點兒「兒大不由娘」的悲哀，我用不太高興的聲音說：

「奇怪！書又不是你買的，你怎麼可以作主賣掉？而且你不看，還有妹妹可以看，怎麼可以賣書！開什麼玩笑！」

他聽了，似乎很不服氣，噘著嘴抗議：

「你不是老是告訴我『送給妹妹的東西就是妹妹的，不許再要回來』嗎？買給人家的東西就是人家的。你每天不是老說：『把你自己的書收好』，『把你自己的玩具整理好』，表示那些書都是我的。而且，妹妹才不看這種書，對不對？妹妹。」

他回過頭去徵求妹妹的意見，一向巴結他的妹妹連忙附和：

「對嘛！我才不看哪！我看不懂。」

他爸爸也覺得茲事體大，仗著平日比我多出一些的權威，對陷入苦戰的我伸出援手：

「不行！媽說不行就不行。妹妹現在不認識字，當然不看。再過兩年，就會喜歡。你現在賣了，到時候還得再花好多錢去買，多划不來。而且，你聽說誰家賣書過日子！絕對不行！你趁早打消了這個念頭。我寧願按時給你零用錢。」

兒子怏怏然刷牙去了，他爸爸憂心地偷偷告訴我：

「這孩子可怕！將來沒錢，難保不從家裡拿東西出去賣！」

第二天下午，我從外頭辦事回來。進門看見七、八個小孩圍在一堆看書，冷氣呼呼地響著。小孩兒看見大人回來了，紛紛走了。我洗了把臉從浴室出來，瞧見兒子坐在地毯上埋著頭數錢。我驚出一身冷汗，鐵青著臉大聲喝斥：

「怎麼有這麼多錢？是不是不聽話，真把書賣了！」

他抬起頭，委屈地說：

「才沒有啦！你們不是說妹妹還要看，不許賣嗎？我只是把書出租而已。每本借二天，三塊錢。玩具比較貴，兩天五元。……」

我啼笑皆非的坐下來，準備和他好好溝通一番。他大概看我的臉色緩了下來，也馬上改了說話口氣，有些沾沾自喜地補充：

「你以為賺錢這麼容易呀！今天我可忙死了哦！」

我白了他一眼，耐著性子開導他：

「朋友是什麼？朋友就是大家互相幫忙，有好書一起看，怎麼好意思要人家出錢租呢？」

他倒理由充足，振振有辭的反駁：

「就因為是朋友，所以我才只收三元啊！就算我不租給他們，他們也會去租書店租，租書店才貴哪！一天五元耶！而且，你是大學老師，我告訴他們，你買的書一定是優良書刊。是他們自己願意的。」

他這般抬舉我，倒教我一時為之語塞。沉吟了一會兒，我企圖動之以情：

「可是，像小鼎那麼要好的朋友，你還常去人家家裡玩，拿他的錢，你不會覺得不好意思嗎？」

「有什麼不好意思的。巷子口雜貨店的阿姨不是也是我們的朋友嗎？你拿錢去買她的醬油，她也沒有不好意思呀！」

他這麼一說，倒教我愣住了。想想，還是不妥，可又不確定什麼地方不妥，只好在小地方找理由：

「萬一借出去的書丟了呢？還是玩具弄壞了呢？你這孩子……」

「我早就跟他們說好了。書破了、玩具壞了，都要負責貼好、修好，掉了要賠……」在邏輯上，我一向不是他的對手，狡辯這回事，是他的拿手，這也是從小標榜民主的家庭所帶來的永無止境的後遺症，我雖然說不上那裡不對，但傳統敦親睦鄰的觀念告訴我，不可以隨他，他爸爸回來了，簡單扼要的宣佈：

「總之，不可以。第一，你年紀太小；第二，你計劃不周，亂七八糟的。君子愛財，取之有道，你要賺錢，大一些，去送報紙、賣玉蘭花、或幫同學的媽媽做家庭副業都可以，現在不行，不必再講了。」

於是，剛開張一天的租書店遂宣告關門。就剩了我對著一個氣鼓鼓的孩子解說什麼是「君子愛財，取之有道」。

今年，舊調重彈，看起來，他似乎有著萬全的準備。針對他爹去年反對的兩點理由爭取，第一，今年比去年大了一歲，算是長大了；第二，今年有詳細的計劃。

繼星期天整理書目之後，這些日子來，他犧牲了好幾個可以下樓去玩的黃昏，從事大小書本出租價目的標示、賠償辦法的擬訂、借書手續的規定，昨天甚至還意興遄飛的畫了兩張海報，上面寫著：

「跳樓大出租——優良書刊」

然後是電話和地址，儼然是企業化的經營方式。他向我這樣解釋：

「你看巷子口雜貨店也做廣告耶！『純正蜂蜜上市』，好多人都去問，可見廣告很重要。我要在我們的信箱上和小店的牆上各貼一張，才會有更多的小朋友知道。」我冷眼旁觀，看他

井井有條的做事方式，聯想到自己一直到高中，還打死也不敢拿買錯品牌的醬油去小店換，不覺肅然起敬。但是，一想到才國小二年級的小孩竟如此唯利是圖，又不免教人怵然心驚。然而，這樣的擔心也許是不盡公平的，到底基於什麼樣的動機使他如此銳意的爭取小小租書店的開張，只是「利」嗎？或者還包括向未知的一種好奇和挑戰？恐怕連他自己也不是很清楚，就如同有時連我自己也懷疑我對這件事徹底的反對，是否僅是一種偏執的道德觀作祟而已。

暑假漸近，小小租書店前途未卜。兒子在實務上力求完備以爭取優勢；我則日夜尋思，企圖在理論上尋求證據以便說服，母子二人各顯神通，這一場傳統與創新的交戰，尚不知鹿死誰手。

——原載民國七十五年七月十二日《中國時報》

童言稚語

前面與後面

月考結束後的那個星期六下午，女兒約了幾個小朋友到家裡來。我正在省視她的考卷，自然錯一題，錯得太離譜。題目是：看電視時，電視在你前面，你是在電視的 (1) 前面 (2) 後面 (3) 上面。

女兒居然選「後面」。這麼簡單的題目，怎麼會錯？太不可思議了。我問過女兒，女兒理直氣壯的說：

「我看電視時，電視不是在我前面嗎？那我不就應該在電視後面嗎？」

旁邊一位看來極機伶的女孩搶著告訴我：

「這一題，我們全班只有林慕心一個人答對。」

到底那裡出錯了呢？這樣的題目居然只有一個人答對，女孩兒接著天真的說：

「我很倒楣耶！都是我媽害的啦。每次我看電視的時候，她就喊：『不許站到前面看，到後面去。』所以，我才選後面。」

另一位小男孩也湊過來說：

「對嘛！都是媽媽害的啦！」

東方人和西方人

兒子上一年級，學校教到米食和麵食時，愁眉苦臉的回來，無限苦惱的質問我：「很奇怪耶！每次你和爸爸都說我們東方人用筷子，西方人用刀叉；可是，今天老師跟我們說，北方人吃麵食、南方人吃米食，我們吃米食，所以是南方人。那到底我們是東方人？還是南方人？」

外婆最偉大

兒子甫上三年級時，獲邀參加《民生報》兒童天地舉辦的座談會。會中討論到「誰最偉大」的問題。有人說愛迪生，有人說國父，也有人說先總統蔣公、貝多芬、黃帝……各自慷慨陳辭。突然，有一位小朋友說媽媽，其後很多小朋友都踵繼前賢，紛紛說明母愛的偉大，兒子突發高論，自以為聰明的說：

「因為有外婆生媽媽，媽媽才能生我們，所以外婆最偉大。」

「外婆最偉大?那祖母呢?祖母就不偉大嗎?」主持節目的大姊姊問。

兒子理直氣壯的回說：

「外婆生媽媽，媽媽才生我們；祖母生爸爸，爸爸又不會生我們。當然外婆最偉大囉。」

江蘇省六十四縣人

考試前，女兒自製考題，模擬考試。題目出了一半，跑到浴室門口，問她爸爸：「爸！江蘇省有什麼縣?」

水聲嘈雜，沒聽清楚。外子答非所問：「大概有六十四縣吧！」

女兒歡喜的跑回房，把考題完成。我過去一看，題目是：

先總統蔣公是 (1) 台灣省台中縣人 (2) 江蘇省六十四縣人 (3) 浙江省奉化縣人。

一張紙而已

暑假返校拿成績單。前六名的學生有獎狀，第六名到十二名有獎品。兒子回來說：「林美文拿到獎品，她媽媽很生氣，氣她沒有拿到獎狀。」

我趕緊向他解說：

「其實獎品和獎狀一樣，能拿到獎狀或獎品都是表現很好的呀！這只是一種獎勵嘛！主要看有沒有進步啦！是不是學的都會了呀！」

兒子望著桌上的獎狀，隨聲附和的說：

「是嘛！獎狀和獎品還不是一樣。其實，我還願意拿獎品哪，獎狀也不過是一張印著字的紙而已，有什麼用？」

留一扇窗

參加喪禮回來，女兒抑鬱不樂。

問我：「人死了，是不是跟上帝上天堂去？」

「是啊！」

她突然嚎啕痛哭起來，說：

「他們好壞！用釘子把棺材都釘死了。那上帝來接姑媽的時候，姑媽怎麼出得來，為什麼不給她留一扇窗子？」

拖

兒子看連續劇的完結篇，很有心得的對我說：

「連續劇的最後一集最難寫，要『拖』到剛剛好的時間結束，很不容易耶！」

等

兒子看完報紙，很感慨的說：

「我最討厭『等』這個字。」

「為什麼呢？」

「你看！張木添等一百二十名好人好事代表，明天在省府接受表揚。除了張木添外，其他都在『等』裡頭，出不來，好倒楣哦！」

——原載民國七十七年七月廿一日《聯合報》

春天的事

摩托車在十字路口停下，百無聊賴的游目四顧，赫然發現右手邊一長排的看板上，儘是不堪入目的電影廣告。光溜溜的大腿，幾乎沒穿什麼衣服的男人和女人。觸目驚心的大字：「處女寶典」、「春情蕩漾」……。我警覺的偷覷了坐在後座的兒子一眼，見他正好也把眼光投注在看板上，不免大吃一驚，如芒刺在背的直想闖紅燈逃走。

果然，兒子好奇的從身後發問：

「媽媽！什麼是『春情蕩漾』？」

心裡一跳，喉嚨一緊，我若無其事的假裝沒聽見。可恨綠燈還不亮，兒子見沒反應，加大了聲音，幾乎是用喊的又問了一次。同樣停在那兒等綠燈的大人都忍不住笑起來。我狼狽的制止：

「小聲一點兒，幹什麼那麼大聲！」

「你沒聽見嘛！到底什麼是『春情蕩漾』嘛！」

我覺得自己的臉一直紅到脖子上，恨聲的回答：

「知道了啦！拜託小聲點行嗎？」

然後，轉身過去，壓低了聲音，用一種可笑的語調心虛的編造：

「大概是說春天有很多花呀草的，很漂亮，大夥都很喜歡吧！」

「為什麼說『大概』，你也不清楚嗎？你不是教『國語』的嗎？」

「教『國語』也不一定就很清楚呀！我又沒有看過那個電影。」

「既然是寫春天的事，為什麼要畫好幾隻大腿，而且又不穿鞋子。看起來好色！」

「春天不是有很多綠油油的草地嗎？大概是很多人都很喜歡赤腳走在上面，很舒服吧！」

一路信口開河，愈編愈順，連自己幾乎都要相信了。兒子一聽，大樂。忙要求：

「好棒哦！我最喜歡春天了。媽！我們去看這部電影，好嗎？」

我簡直嚇呆了，可又不能露出馬腳，依然佯裝高興地附和：

「好呀！有空帶你去。」

兒子迫不及待的說：

「哇！太棒了！明天好嗎？明天禮拜天正好。」

綠燈終於亮了，謝天謝地，我加足了馬力衝出去，兒子一逕在身後央求，我義正辭嚴的訓斥他：

「我在騎摩托車的時候，不要跟我講話！這樣會不專心，很危險的。」

捏了一把冷汗，總算突圍而出。可是，事情並沒有結束。

星期天早晨，小朋友都被放出來巷子裡玩。大夥兒開始談到下午的餘興節目。有的小朋友要跟媽媽逛百貨公司，有的要和哥哥去看《A計劃》。兒子炫耀的說：

「我媽要帶我去看《春情蕩漾》。」

一些高年級的大男生睜大了眼，吐了吐舌頭，大驚小怪的問：

「騙誰！你媽會帶你去看這種電影！」

「誰騙你！當然是真的，我媽昨天答應我的。」

那幾個大男生曖昧的睞了睞眼，問；

「哇！你知道這個電影演什麼嗎？」

兒子撇著嘴，不屑地說：

「當然知道，是演春天的事，我媽說的。」

「你媽騙你的啦！她才不會帶你去看，而且根本不是演春天的事……」

「我媽才不會騙我！你們才騙人。……」

我扶著女兒在相隔一、二十公尺處學騎腳踏車，聽到這一番話，心裡暗叫不妙，驚得差點兒把女兒摔了一大跤。一時走避不及，被正回頭的兒子逮到，兒子脹紅了臉，急急的大聲求證：

「媽！你說好帶我去看《春情蕩漾》的，對不對？」

那聲音，大得足夠讓整條巷子裡裡外外的人家全都聽得一清二楚。我頭也不敢抬，怕一不小心看見陽台上一個個驚訝的臉孔。

沒想到一時的遁辭，引來這許多後遺症，我紅著臉，囁嚅地辯稱：

「我可沒答應你今天去的。」

「可是，他們說這部電影不是演春天的事耶！不是演春天的事，我才不要看，到底演什麼嘛！」

我假裝無辜的說：

「那……我就不知道了呀！你可以問大哥哥們呀……」

我很小人的把問題嫁禍出去，那幾個半大不小的男生聽了，一溜煙全跑了。我聽到有人低聲說：

「蔡含識的媽媽好呆哦！都不知道。」

留下一臉狐疑的兒子，怨懟的責備我：

「你不是教『國語』的嗎？怎麼連這個都不曉得！好奇怪哦！……」

兒子對我專業知識的信任，就在那樣的一個早晨，完全破碎了，我不知道應該怪誰。而更糟糕的是，在這個聲色犬馬的看板林立的城市，除了像前面所說那樣打濫仗外，我不知道還有什麼更好的方法來面對我們下一代純摯的心靈。

——原載民國七十五年六月一日《中國時報》

勢利眼

星期六中午，兒子從學校回來，手上揚了張家長會代表的選舉單。選票上列了全班學生家長的姓名和職業。兒子覺得很興奮，在飯桌上口沫橫飛的說：

「……老師說，最好選王成義的爸爸王正雄。」

外子和我正談著話，側過臉，漫不經心的說：

「那就選王正雄好了。」

孩子轉過臉看著我，為了表示全民參與，我吞下一口飯，也敷衍的說：

「好啊！就選那個什麼雄的吧！」

大人又繼續剛才未完的話題。兒子停止吃飯，踟躕了半晌，突然說：

「可是，我不想選他耶！」

「為什麼？」

外子和我停止討論問題，不約而同的問。

「老師說他是紡織廠老闆，很會辦事，家長會代表要選會辦事的人來幫學校辦事。」

「是呀！你們老師說得很對呀！」

「他是紡織廠老闆，會辦紡織廠的事。可是，不一定會辦學校的事呀！對不對？」兩個大人對望了一眼，不覺笑了起來。他爸爸只好說：

「差不多啦！辦工廠的事和辦學校的事都差不多啦……。」

孩子顯然對這樣的說辭感到不滿意，可又不知道如何反駁，一臉的不服氣。我因此問他：

「那你覺得選誰比較好？」

「可不可以選爸爸？爸爸不是老說他在辦公室裡辦很多事嗎？而且爸爸在家裡也幫媽媽洗碗、拖地，辦很多事，都辦得很好啊！」

他爸爸被他逗得一口飯差點兒沒全噴出來，急急搖手說：

「不行！不行！爸爸辦的事不一樣。而且爸爸太忙了！這種家長會代表一定要很熱心，要比較有空的人，才能好好替學校服務的。」

吃過飯，兒子仍然為這件事在操心，放下碗筷，馬上把選舉單拿過來，在檯燈下研究。研究了好一會兒，突然興奮的大叫起來：

「有了！有了！就選李怡平的爸爸李世民。」

「為什麼？」

收拾著碗筷的我和正忙著泡茶的外子，又異口同聲的問。

兒子一本正經的說：

「有兩個理由。第一，他的名字叫李世民，李世民是唐代的『國王』，很英明的，歌仔戲裡頭有演的，李世民夢遊記，他人很好耶，救了好多人。李怡平的爸爸也叫李世民，一定也很棒！第二，我去過李怡平家，他爸爸最閒了，都沒有像爸爸一樣去上班，每天都待在家裡，最有時間幫我們服務。而且，他看起來很強壯的樣子，我們學校不是正要蓋大禮堂嗎？他的力氣大，一定可以幫很多忙的。」

兩個大人相視大笑，可又不知道怎麼跟他解釋，外子說：

「胡扯！名字叫李世民不一定就像唐太宗一樣好，而且……」

簡直不知道從何說起，對一個甫上二年級的小孩。索性把選舉單拿過來，說：

「反正，小孩子不要管大人的事。老師是讓你選？還是要我選？」

兒子悻悻然的說：

「是讓你選啦！但是，你又不知道哪一個比較好，我是給你一個『良心的建議』啊！」顯然，他覺得有義務做好這個平生第一遭的輔選工作。他爸爸拿過他手上的筆，問：

「老師說選那一個比較好？」

作勢就要填上，兒子急急攔住說：

「不可以選王正雄，他一定很忙的啦。一個大工廠要管耶！」

外子啼笑皆非的說：

「喂！喂！到底是你選？還是我選？搞什麼？……」

說完，就填上去——王正雄，聽從老師的建議。兒子急得跳腳，嘴裡嘟嘟嚷嚷的，仔細一聽：

「……別以為我不知道！你們大人就是勢利眼，就要選有錢的。……」

——原載民國七十五年四月三日《中國時報》

吃葡萄

吃葡萄也是一門學問。

「你吃葡萄時，是從大的吃起呢?還是小的?」有一天，一位朋友問我。從來未曾考慮過這個問題的我，突然被難倒了，怎麼也想不起答案，我那位充滿智慧的朋友其後鄭重其事的指導我：

「吃葡萄應該從大的開始吃起，這樣，你每次吃到的都是其中最大的。傻瓜才從小的吃起，永遠吃到的都是剩下的中間最小的，那種感覺真壞！」

於是，回家後，我一直努力地回想自己吃葡萄時，到底從大的吃起還是小的，我甚至不死心的到外頭買了串葡萄在家裡現場實驗一番。葡萄洗好，擺果盤裡，我端坐水果前，伸出去的手，幾度猶豫，終於還是頹然的放下。我不得不承認，我深受那位朋友的影響，已經沒辦法做客觀的省察，我高舉的手一直受到「傻瓜才從小的吃起」這句話的干擾。誰願意做傻瓜?但是，經過長久認真而仔細的思索過後，我得老實的招認，我的確就是他所說的那種傻瓜，千真萬確的。吃葡萄時，我是從小的開始吃起。

小時候，難得有水果吃，葡萄算是很稀罕的。偶爾家裡有人拎了葡萄來做客，九個孩子圓滾滾的眼珠子幾乎要射進葡萄裡。等客人走後，媽媽便按人頭及葡萄數目平均分配，因為事關個人權益，所以，在我小學一年級時，這樣的除法，我便可以飛快的計算出來，一些也不會吃虧。

吃葡萄的感覺簡直說不明白，又快樂，又帶著那麼點兒壯士斷腕的悲壯。總是先挑其中最小的，放在嘴裡用舌頭捲過來捲過去，在腮邊滾出個圓球形，一直要等到不小心咬破了，才飲恨的吞下肚裡。最後剩了幾個最大的，怎麼也捨不得吃，端過來、捧過去，變相的引誘別人犯法。孩子中，我的年紀最小，記憶裡，從來沒真正吃過大葡萄，因為最後總是被兄姊拐走或搶去，然後才悔不當初，嚎啕痛哭，總要哭到媽媽嫌煩了，拿了棍子出來毒打一頓才收場。

年齡漸長，漸不耐煩這種剝皮吐籽，吃起來工程浩大的東西，但是，偶有機會，仍然積習不改，打最小最醜的先吃掉，再如倒吃甘蔗般，漸入佳境。結婚生子後，開始主中饋，不知從什麼時候起，逐漸習慣於把最好的東西留給孩子吃，自然更和大葡萄無緣了。

問題終於有了答案。我也開始學我的那位朋友，拿這問題考考周遭的人。第一位應考的是當時年僅七歲的兒子，兒子睜大眼反問我：

「那要看是大家一起吃，還是自己一個人吃啊！」

「那有什麼區別？」我納悶的反問。

「區別大囉。跟大家一起吃，當然從大的開始吃起；如果是自己一個人，就無所謂啦！」

乍聽之下，簡直如雷貫耳。總算是見識到這一代兒童劍及履及的功利主義，不免心驚不已。從吃葡萄而看出人性，真是始料未及。我開始沉思，我吃葡萄時的保守心態和兒子的現實作風，是否正是農業社會和工商時代人們的典型區分呢？我突然對這個問題萌生起莫名的興趣。

接著訪問的是一位四十歲左右教書的朋友。當我剛表達完題目，他忙不迭的感嘆起來：

「唉！別提了。我們這一代的男人倒楣透了。當我們小的時候，爸爸是一家之主，好的東西留給爸爸吃，大葡萄那輪得到我們；好不容易當上了爸爸，誰知道，時代跟著變了，孩子才是一家之主，好東西留給兒子女兒，再不然留給嬌妻吃，女兒戲稱我是家裡的垃圾桶，吃葡萄還能挑什麼大的、小的，剩下的才是我吃的。」

一位五十多歲的文化界人士一聽到我提到葡萄，壓根兒不想弄明白我的主題，便恨恨地大吐苦水：

「一講到葡萄，我就生氣！你不知道我家那個老太婆有多不講理。前一陣子家裡吃葡萄，我坐在電視機前，邊看邊剝著吃，不知不覺把整盤葡萄都吃光了，我太太氣得罵我：『留幾個會死啊，就非吃光不可！』好了，昨天又吃葡萄，我就一直記掛著她的這些話，特意留了些在盤子裡，這個女人真是不可理喻，居然又破口大罵：『留這幾個幹什麼呀！就不會吃光，好讓人家洗盤子嗎？一天到晚就知道折騰我。』你瞧！這說的什麼話。法律是由她規定的？凡事憑她高興！哪一天我氣起來，大家都沒好日子過……。」

說完，還心有餘恨的重重地捶了一下桌面。沒想到吃葡萄也會引起這樣的家庭風波。我看他脹紅了臉，新愁舊恨交加，嚇得趕緊趁隙逃走，免遭池魚之殃。

一位年約六十歲的老太太，在我重複了三回題目後，才慢條斯理的回說：

「大的、小的？你以為大的就好吃呀！這你就外行了。大的不一定甜，我葡萄吃了幾十年了，有些葡萄小小的，看起來不起眼，才甜哪。吃葡萄挑大的，就是沒見識……」

然後，她開始教導我如何挑選葡萄，從形狀、色澤到表皮光滑程度，甚至扯到她家媳婦如何不相信老人言……等，我在多次技巧的引導她回歸本題失敗後，只好認命的忍受整整兩小時疲勞轟炸，而這兩小時下來，我確信已經對她們的婆媳糾紛有了通盤的了解。

一位就讀於國中的女學生聽到我談起吃葡萄的事，忍不住插嘴：

「我媽最神經了。每次洗葡萄，總要在鹽水裡泡上大半天，泡到蒂那兒都快爛了才罷休。還規定我們必須從爛的吃起，好不容易這次把爛的吃光了，到晚上，又爛了一些，每頓都在吃爛葡萄，我恨死了。跟她怎麼說都說不通，她說爛的不先吃掉浪費，我看像她這樣天天放著新鮮水果不吃，才是浪費。你說！是不是？」

我趕緊顧左右而言他，我可不願意介入別人的家務事。何況，說實話，我對這樣的事，也確實沒有什麼高明的建議，因為我和她媽媽的作法其實也差不多。不過，這倒提醒我回去要特別留意一下女兒吃爛葡萄時的情緒。

多數已經做了媽媽的女人對葡萄的大小不感興趣，她們普遍對殘餘農藥表示了嚴重的關切，其中一位媽媽危言聳聽的說：

「現在你還敢吃葡萄啊！不怕被農藥毒死啊！我家裡是不買葡萄的，不管怎麼洗也洗不徹底，而且，怎麼吃都沒辦法不碰觸到表皮，太危險了！」

一位四十多歲的女人說：

「我的孩子已經上國中了，到現在還從來沒有剝過葡萄。每次吃葡萄，都是我先剝皮去籽以後，才送進他嘴裡，現在做媽媽可真難哦，有一次他吃著吃著，還問我：『媽！你到底洗手了沒？』真氣死我了。」

一個值得注意的現象是，當我提出問題後，百分之八十以上的人，都神情詭異、心存戒懼，懷疑我的問題中有什麼陷阱等在那兒，唯恐言辭稍有閃失，就會中了什麼圈套似的，所以，總是不肯爽快的回答，而多半拐彎抹角的先行試探一番。這百分之八十，倒是不分男女老幼的。由是，我們是否可以推論出現代人普遍的充滿疑忌，彼此不相信任呢！

有趣的是，多數的男人完全不知道自己吃葡萄是打那兒下手的；百分之八十的媽媽仍然在為國小階段的孩子剝葡萄皮、掏葡萄籽兒；百分之三十的小孩壓根兒不知道葡萄裡有籽兒（邊看電視邊吃東西的結果），百分之九十九的人，經過我的提示後，認同了我兒子的想法——和別人（不包括兒女）一起吃葡萄時專挑大的下手。這項統計推翻了我先前所作傳統與現代的假設，證實了人性普遍自私的通則。

你呢？你是怎麼吃葡萄的，從大的還是小的吃起？請針對問題回答，不要像他們一樣，答非所問。

——原載民國七十六年十二月四日《中國時報》

暑假

暑假終於結束了，謝天謝地。

從七月五日到九月一日，前後五十九天，我鎮日和孩子在有限的空間裡大眼瞪小眼，覺得可怕萬分。這個經驗讓我充分領悟到為什麼做母親的嗓門總是和孩子的成長成正比。

兒童心理學的書籍告訴我們，必須拿孩子當朋友，必須建立良好的親子關係。我心裡想著專家的指示，眼裡看著兩個被困在四樓三十坪房間的活蹦亂跳的小頑童，不禁有點兒著慌。

漫長的暑假，剛開始，彼此還能和平共存。我用經過專書指點過的聲音說話，臉上掛著經過調整過後的笑容。每天晚上早早上床，以培養充沛的精力，隨時準備和孩子做全天候的殊死戰。孩子的學校發了一張大概是經過專家設計的「暑假操行評量表」，上面列了許多項目，諸如「早上起床是否自己摺疊棉被？」「每天看電視是否超過兩小時？」「有沒有打電話或寫信向親戚朋友請安？」「走路有沒有注意停聽看？」……由父母和孩子逐日填寫計分。剛開始，孩子還顧忌著這張評量表，只要我稍一暗示，馬上收斂劣蹟，恢復中規中矩。日子久了，這張評量表慢慢失去了約束力，我發覺自己臉上的笑容愈來愈少，嗓門愈來愈大，聲音愈來愈嚴厲，終至有一天我那上一年級的飽讀詩書的兒子老氣橫秋的抗議：

「你為什麼要對我這樣兇！這樣會造成我的『人格上的陰影』耶！」

我瞠目結舌，不記得自己懸在半空中的那隻手是以怎樣不自然的姿勢收放了下來。

●

早上，他們通常比平時上課還早些起床。三兩下就寫完暑假作業，再看會兒書，彈一下琴，看看鐘才九點半左右，外面炎陽高照，老大開始坐在客廳的沙發上嘟著嘴唉聲歎氣的埋怨：

「這叫什麼暑假嘛！成天躲在屋子裡，一點也不好玩，還不如去上課。」

我在一旁齜牙咧嘴的陪著笑，同情的說：

「是嘛！暑假真不好玩，太熱了，我也覺得一點都不好玩。」

兩個孩子顯然對這種抄襲自書本上的對白不感到興趣，他們太清楚大人這些伎倆了，所以，也不像專家所預言的感到被認同的快樂。老二是無條件唯哥哥馬首是瞻，學樣的巴結著哥哥：

「是嘛！有什麼意思，還不如去上學！」

面對兩張顯示極度厭倦的臉孔，我感覺到前所未有的任重道遠。為了打破僵局，我試探的建議：

「為什麼不玩點兒遊戲？」

兒子萬念俱灰的反問：

「有什麼好玩？跟誰玩？」

「跟妹妹玩啊！」

我瞥見一旁玻璃罐裡滿滿的彈珠：

「玩彈珠啊！」

「好啊！好啊！好棒！玩彈珠！我最喜歡！」

女兒忙不迭的附和。

「跟她？玩彈珠？」

簡直是嗤之以鼻的聲音，兩個問號接連，一個比一個更不屑。受到這樣的刺激，我突然不假思索的脫口而出：

「那跟我玩，玩彈珠！」

兒子仍舊懶洋洋的用雙手支著下巴，說：

「你？會嗎？玩彈珠啊！」

對女性如此的輕侮，真是「是可忍，孰不可忍」。於是，我搬出幼年時期所向披靡的豐功偉績。孩子猶自半信半疑，為了徵信起見，我下了結論：

「不信試試看，就知道媽媽有沒有吹牛！」

於是，母子二人在地毯上展開一場激烈的廝殺。沙發下、飯桌下、茶几下，鑽過來，爬過去，為了怕「漏氣」，我使出渾身解數。半小時後，所有彈珠全到了我的手上，女兒看得目瞪口呆，頻頻拍手稱好，兒子坐在地上，斜著眼瞪著我管轄內的玻璃珠，撇著嘴說：

「這也沒有什麼稀奇啦。你是大人嘛！等我長大了，比你更厲害咧！」

然後，嘟著嘴，心灰意冷的說：

「跟你們大人玩，真沒意思！」

我望著手上的玻璃珠，頗不能原諒自己一時興起所表現出的趕盡殺絕的作風。

為了彌補歉疚，於是，我又提議：

「打紙牌吧！你不是很喜歡嗎？」

他大概對全輸的遊戲不感興趣。戒慎的看了看茶葉筒裡滿滿一筒圓紙牌：

「你也會玩紙牌嗎？」

「哦！紙牌呀……比較差一點啦！」

這回我隱瞞了早年「紙牌大王」的名號，謙虛的回答。女兒一旁興致勃勃的慫恿著：

「好嘛！好嘛！就玩紙牌好了啦！我給你們加油。」

半個鐘頭過後，紙牌全到了他手上，他洋洋得意的自誇著：

「就說嘛！女生怎麼會玩紙牌！你根本就不會嘛！」

他踞坐一旁，自傲的又下了個結論：

「跟你們女生玩，最沒意思了！根本就不會玩！」

我瞪著他的牌，又開始懊悔剛才沒全力應戰，以致坐令敵人驕誇。

初嘗勝利的滋味，他意猶未盡的向我的五子棋挑戰。我心頭一驚，我的五子棋段數是下到連自己已經贏了都不知道的程度，自忖不是他的對手。於是，板起臉孔，義正辭嚴的說：

「今天就陪你們玩到這兒為止。要玩五子棋，等爸爸回來再說，我太累了。」

兩個小孩齊聲的歎了口氣。三個人迎著滿室的靜寂，意興闌珊的各據一角，眼睜睜的看著時間一點一點的在眼前消失。我習慣性的抬頭看鐘，乖乖！折騰了半天，全身骨頭只差沒拆散，也不過十點半鐘，想到往後還有幾近一個半月類似的日子，不禁仰天長歎起來。兒子垮著一張臉，睨著我說：

「媽媽最差勁了！都不陪我們玩，一點也不重視『親子活動』……」

●

孩子活動力強，待在公寓房子裡就像被困在欄柵內的野獸般，成天直想往外衝。可是，太陽這樣毒，下樓去玩，鐵定中暑，屋裡的吸引力太弱，小孩的糾纏工夫使母親的權威面臨嚴重的考驗。為了顧全自己的面子，並實際解決問題，我提供了一個兩全的辦法：

「太陽太大了，在下面玩會生病。這樣好了，請你的小朋友到家裡來玩。不可以去別人家玩，別人家的媽媽都很忙，不可以去吵別人。」

孩子歡天喜地的出去了。半個小時後，沒有任何消息。我不放心，擱下手邊的工作，下樓去察看一番。

陽光好強，曬得人幾乎睜不開眼睛，除了少數俯首疾走的行人外，巷弄間一片寂靜，巷子外，是一個鐵絲網圍成的廢草園。雜草叢生，中間還閒置了一些砂包，大概是圍起來準備蓋房子，鐵絲網四周大約是八米左右的柏油道路。我站在巷子口，瞇著眼向四處打量，看到廢草園過去的道路上，隱約有一個小人正騎著捷安特腳踏車，邊騎邊張望。在雜草叢中，時隱時現，像電視上的慢動作影片，黃色的小身影在廣袤而蔚藍的天空襯托下，是那麼寂寞而孤獨。我的眼睛突然熱了起來，這個小人，為什麼寧願在這兒忍受大太陽的肆虐而不願上樓？

孩子看到我，加快了速度騎過來。我心疼的問：

「這麼大太陽，怎麼在這兒騎車？」

「我等朋友下來玩啊！」

「你的朋友什麼時候下來？」

「我也不知道。」

「約好了嗎？」

「沒有。」

「媽媽不是說，可以請小朋友到家裡來玩嗎？」

兒子垂著長睫，委屈的說：

「可是，我朋友的媽媽也跟你一樣，不許他來吵你啊！……你們大人好奇怪哦……。」

——原載民國七十四年九月廿六日《中國時報》

回家你就知道

當我的眼睛從一份學生的讀書報告上抬起時，赫然發現已被團團包圍，十個三十多歲的女人和八個大小不等的小孩正環伺在側。當桌子從四面八方拼湊過來時，我已欲逃無路。我坐的是長形高背沙發，一路向兩邊延伸過去，後無退路，前有追兵，十八個人就這樣團團地把我和我的士諾夫香燴豬肉圍困在中間。

中午時分，幾乎所有附近的餐館全高朋滿座，到那裡都是人潮洶湧。我原是個隨遇而安的人，雖然對侍者如此毫無歉意的魯莽不免感到些許的詫異，倒也不在乎身陷重圍，畢竟不過是一頓便飯，一些冷氣罷了。然而，如此孤軍深入，雖耳不聽目不明，亦難免有窺人隱私之嫌，勢將引起對方諸多不便。於是，我要求侍者另外幫忙找個位子。好讓他們能毫無顧忌、暢所欲食。侍者大概覺得這樣的組合也無妨，粗心的四下張望一下，便推說沒有空位，請我將就一下。我含糊的朝十個女人中的某些位微笑頷首，表示我並非不知趣，靦顏逗留，實乃迫於形勢，情非得已。

光是點菜，他們就頗費了番功夫，菜單被傳過來遞過去，不管識字的、不識字的都迭聲要求親自參與決定。大人小孩，七嘴八舌，一位媽媽很客氣的問我：

「你這盤是什麼？」

我回答過後，她很民主的徵求大夥兒的意見：

「誰要跟這位阿姨一樣的東西？過來看看。」

所有人全把頭湊到我前面的盤子上來，細細研究半天，我只得暫時停止進食，齜著牙，等待眾人的品評，一位從學號上判定是二年級的小男生就老實不客氣的說：

「黏不拉嘰的，怪可怕的，誰要！」

兵荒馬亂中，終於大勢底定。在等待的當兒，大人們開始一邊彼此應酬著，一邊嚴加戒備著隨時可能發生的狀況。八個小孩的年齡層分佈在三歲到十歲中間。一上了桌，所有調皮花樣全使出來了。長條高背沙發因為穩固安全，很快被一致通過成為孩子的集中營，我則成為集中營中唯一的異數。右手邊的三個四歲左右的小娃兒索性脫了鞋，開始在上頭推來擠去地跑過來撞過去，幾次仆倒在我拿著湯匙的右手臂上，濺得湯水四溢。緊鄰著我的小男生，實在等得不耐煩了，乾脆就著椅背耍特技，玩倒栽蔥。

年齡較小的小朋友點的冰淇淋、漢堡和薯條終於同時來了，小傢伙們一陣歡呼後，各就各位。小男孩的雪人冰淇淋和他一般，都戴了頂可愛的小紅帽。他不安分的爬起又坐下，一邊舔啊舔的，一邊還手舞足蹈的，一不留神，光了頭的雪人整個掉到胖胖的大腿上。坐在兩張桌子正中央，負責指揮全局的媽媽，訓練有素的處理善後，並氣急敗壞的罵道：

「帶你出來真倒楣欸，沒有一次不闖禍，你就不能乖一點嗎！」

孩子可惜又無辜的望著大腿發呆，似乎一時還拿不準要不要嚎啕痛哭。隔壁的小女生，探起身子，手拿雞塊往對面盤子沾著番茄醬，番茄醬沾多了，還沒抽身回來，在空運途中，冷不防掉到發愣的小男生前額上，冰冰涼涼的，小男孩本能的拿手一抹，順手往低頭正清理冰淇淋的母親白衣上一擦，霎時一個小小的暗紅的血手印烙出來，大人們，包括我在內，同聲哀叫了一聲，小孩子們則高興地格格發笑。那位媽媽錯愕地抬起頭，看到身上的血手印，臉都綠了。

左手邊及正前方分別坐了三個十歲左右的男孩子。剛開始還中規中矩的端坐著，左前方的女人看出來是個緊張且嚴厲的媽媽，用眼珠子凌厲地遙控著坐在她對面的兩個兒子。德國牛排一直不來，孩子們逐漸按捺不住，蠢蠢欲動。其中一位開始不安分的拿起刀叉在另一位前面比劃著，嘴裡還「咻！咻！」作聲。做母親的始則故示溫和的笑著曉以大義：

「小豐！不要這樣，乖！要有規矩哦！」

男孩子聽若罔聞，繼續比劃著，婦人望了我一眼，我趕緊低下頭假裝看書，她看沒人注意到，遂收起笑容，用壓抑的聲音又重複了一遍方才的警語，並強調：

「你忘了剛才出來時，媽媽怎麼說的嗎？」

男孩正玩到興頭上，幾乎是欲罷不能。媽媽顯然是動怒了，咬牙切齒地警告：

「你給我注意哦！回家你就知道……」

男孩從母親的表情及聲音中讀出了可能的後果，終於心不甘、情不願的放下叉子，嘟著嘴，無限委屈的辯解：

「這才第一次嘛！還不到三次！」

「好！這樣才乖！」

做母親的很快的又掛起了慈祥的笑容，朝我很不好意思的說：

「小孩子頑皮，真受不了。很抱歉哦，吵得你不能看書。」

我趕緊遞回去一個了解的笑容，說：

「沒關係！小孩子嘛！都是這樣的。」

才安靜沒一會兒，玩刀叉的男孩兒又有新花招，把桌上的胡椒粉，拿來撒在裝冰開水的杯子裡，然後挑釁的看了他母親一眼。婦人的笑容又不見了，也不說一句話，只冷冷的看著。男孩見母親沒反應，又拿了番茄醬瓶子，作勢就要倒到杯裡，母親想是氣得五臟六腑全部嚴重受傷，從牙縫裡發音：

「你今天給我當心！等會兒回去不修理你，我就不姓張。」

男孩子有恃無恐的回答：

「這才第二次！你說到第三次才修理的。」

德國牛排及籃子炸雞適時上場，排解了可能一觸即發的危機。我的可樂也來了。細瘦的杯子盛著褐黑的液體，是極有可能被碰翻的那種，我猛力吸了一口，心想，在這危機四伏的地方，避免麻煩的唯一途徑只有趕快喝完它。然而，內心又有一種「大概沒那麼倒楣」的僥倖的想法，正思忖間，剛才那個男孩子的弟弟探手去取我對面的籃子炸雞，說時遲、那時快，可樂應聲倒下，我心裡掠過一種先知的快感：

「哈！哈！果然打翻了，不出所料！」

然後，接著聽到一聲慘叫，背對著我們這張桌子的白衣上有個血手印的女士，白裙上又染上了大片的褐黑，那位嚴肅的媽媽、血手印的女人和我三人，雖同時起立搶救，已回天乏術。嚴肅的婦人無暇責備孩子，朝我和白衣婦人一迭聲的道歉著。白衣婦人嘴裡直說沒關係，臉上的表情卻沒搭配好，是那種狼狽至極的灰敗，等會兒她將帶著這些彩色鮮明的印記向路人宣示她確曾驚天動地的用過午餐。我不確定自己是不是也該為這樁意外負責，不過，知其必然卻未能防患未然，恐怕也是一位成熟女性難辭其咎的錯誤吧！我正尷尬的陪著笑，突然聽到那位玩刀叉的哥哥幸災樂禍的衝著他弟弟說：

「你完了！你今天回家只有死路一條。」

女人再也顧不得臉上是否應調整笑容，恨恨地睨了他一眼，說：

「你們兩個回家都完蛋！」

一頓飯吃得高潮迭起，險象環生，室外驕陽肆虐，我本想在冷氣中再待個半個小時，可是那位嚴厲的母親是個責己很嚴的人，執意要為我再叫一杯可樂，以贖前愆，我雖然再三以「馬上走」為由推辭，卻無實際行動配合，一直教她好生不安，於是，我只好被迫結帳離開，以示所言不虛。當我離開座位時，白衣婦人正上洗手間善後，小男孩趁機在隔壁小女生的臉頰上塗果醬，遠處的兩個小男生一言不合，正打得難解難分，對面的四年級男孩不甘示弱的把原本盛雞塊的籃子頂到頭上，所有帶了孩子的媽媽不約而同的全用牙縫發音：

「……回家你就知道……」

——原載民國七十七年七月廿九日《中國時報》

聽話

有一天，在擁擠的西門鬧區裡奮力往前衝刺，正轉過一個街口，忽然聽到一個恨恨的女人的聲音咬牙切齒的從身後傳來：

「……你都不聽我的，我為什麼要聽你的？……」

一時覺得耳熟極了。這樣結構的話，總覺在什麼地方聽過。仔細一想，這不就是自己每天掛在嘴上不知說了多少回的話嗎？

我回過頭，發現一個女人氣沖沖的把高跟鞋敲得喀喀響，右後方跟了個六、七歲大小的孩子，嘟著嘴，委屈得什麼似的。我不覺啞然失笑，彷彿照了面鏡子，看到了自己和孩子斤斤計較的樣子。

「你都不聽我的，我為什麼要聽你的？」這句話有意思極了。我們小時候是聽不到父母這樣對孩子說話的，他們比較常說的是：

「小孩子有耳無嘴，大人說話，小孩子不許插嘴！」兩相比較之下，當然可以明顯看出民主進步的軌跡。

那天晚上，不知為了什麼事，兒子和我生氣著，我催他趕快刷牙上床，他嘟著嘴從浴室裡出來，恨恨地說：

「你都不聽我的，我為什麼要聽你的？」

我癡立當場，啼笑皆非。同樣一句話，換了角色說來，意義大不相同。我們小時候從來沒有想到可以這樣和父母說話的，我們比較常說的是：

「上床就上床嘛！每次都這樣！」

曾幾何時，母親的權威已淪喪到如此地步？必須先聽兒子的，兒子才肯聽你的。這莫非民主精義的徹底發揮嘛！

——原載民國七十七年三月廿四日《自立早報》

麻子臉

現代的母親苦心孤詣的求孩子吃飯，一手拿雞腿，一手拿雞毛撢子，滿屋子追著跑，喝令孩子吃下。要不然，就拿連自己都不相信的理由引誘：「再吃一口青菜，再吃一口，一點點就好，吃完就會像白雪公主的臉一樣，紅彤彤的，好可愛！」

何以孩子如此排拒吃飯，是我一直都想不明白的事。女兒最常掛在嘴邊的一句話是：

「我最怕聽到『吃飯』兩個字。」

我自己是非常喜歡吃飯的。上了桌，看到一碗香噴噴的白米飯，就打從心眼兒裡歡喜起來。前些年，台灣食米滯銷，我確實的知道自己是一點責任也不必負的，因為我每天都很認真的吃飯，興高采烈的吃「米飯」。

小時候，吃飯總是戰戰兢兢的，米飯一粒也不許留在碗裡或掉在桌上。媽媽常警告我們：

「不吃乾淨，當心長大了，嫁個麻子臉丈夫！」

隔壁家現成住了個痲子臉男人，活生生的樣板，大家心裡一凜，無論如何不敢以身試法。碗裡桌上，乾乾淨淨。方法不錯，一朝為人父母，少不得如法炮製一番，誰知全不管用。當時國小一年級的兒子納悶地問我：

「我就不明白，娶太太是自己的事，愛娶誰，就娶誰，何必去娶一個痲子臉的。」

一下子問得我啞口無言。卻又不甘心，隨即小人的加以反擊：

「娶的時候，可能是好好的啦！結完婚後才痲了臉呀！」

兒子從容大度的回說：

「這簡單，如果不喜歡，可以離婚。」

——原載民國七十七年二月廿八日《自立早報》

卷三　蟬聲熾熱的夏日

蟬嘶蛙鳴不斷的夏天

三十餘年前，外子負笈美國，一年之內，我給他寫了一百餘封的信。近日夜裡重溫，常常涕淚橫流。類似單親家庭的女子奮鬥史：一個即將臨盆的三十歲女子一邊教書一邊帶著兩歲左右的鬼精靈兒子過日子，其辛苦可知。兒子除了好動，還好問。這是什麼？為什麼這樣？為什麼那樣？一下把甘油倒地毯上、把紅花油灑床上；一下子把外公治風濕的藥吃了幾顆；一會兒試著敲破幾個蛋；一會兒將鳥食灑光光、將口紅搞得稀巴爛……只要一刻疏忽，定有連環慘劇發生——他又闖禍了！

一日，實在疲累不堪，躺在床上裝死，以避免過度的煩言。兒子一旁問這、問那，發現媽媽都沒反應，大聲啼哭。我看狀況悲慘，起身說：

「好了！媽媽剛才累昏了，現在活過來了，你別哭哭。」

兒子滿臉鼻涕眼淚，對我又抱又親的。我趁此機會教育，問他：「如果萬一媽媽真的累死了，爬不起來，你怎麼辦？」他臉上猶然掛著淚珠，說：「我會下樓去找巷子口的阿姨（雜貨舖老闆娘）來救你。」我順口問：「你要怎麼跟她說？」兒子說：「我會跟她說：我媽媽被我累死了，你趕快請警察來救她。」我嘉許他：「好聰明，這樣做就對了。」

經過這一折騰，兒子變得乖多了，自己到一旁玩玩具。但每隔一段時間就跑來問我：「我都沒有來煩你，對不對？」「我很乖對不對？你不會死去吧？」過一會兒又跑過來問：「你要不要我幫你搥背？你會很累嗎？」差不多過了兩個鐘頭後，他忽然放下手中的玩具，嚎啕大哭地跑過來，臉淚鼻涕流了一臉，抱著我大哭說：「可是，……可是，我打不開大門怎麼辦！」

真是罪該萬死的我啊！怎樣折磨著無辜的孩童！當時的我莫非被過度的壓力逼瘋了嗎？中夜看信，看到航空信箋上，字字是淚，我竟也忍不住大哭起來。剎那間，恍然憶起那年的夏天，燠熱燒灼，蟬嘶蛙鳴不斷，而兒子和我曾經如此相依為命；而如今那位頑皮卻又讓人心疼的男孩不日即將成為人父親，現下就安然地睡在隔壁的房間，鼾聲微微。

——寫於二〇一二年五月

童話出走

自從學校規定每天必寫一百五十字「每日一得」後，兒子便成天愁眉苦臉，對著本子歎氣：

「每天還不是都一樣，也沒什麼新鮮事！真討厭！寫什麼好嘛？」

有一天，我翻開他的本子來看，發現充滿了「一定要努力用功，才不辜負老師的期望」、「要痛下決心，改過自新」、「要加緊努力，迎接考試的來臨」、「知錯能改、善莫大焉」等反省過去、策勵將來的字句，完全是一副「吾日三省乎吾身」的有為青年模樣。我嫌他寫得太陳腔濫調、毫無新義，他倒理直氣壯的趁勢全賴給我們：

「也不帶我們出去玩，成天待在家裡，能寫出什麼有創意的東西！只要常帶我們出去玩，包準寫得文情並茂。」

這種看似有理、實則推卸責任的說辭，我才不上當。

有時，他實在想不出題材，也會要求我幫他拿些主意。只是，當我興致勃勃應邀提供意見時，又往往遭他一一駁回、斷然否決。常氣得我七竅生煙。譬如，一回我說：

「天氣不是突然變冷嗎？就寫寒流來襲好了。」

「寒流來襲有什麼好寫？」

「怎麼不能寫？你可以寫大家都紛紛翻出冬衣來穿呀！」

「唉呀！外套我前些天就穿了呀！」

「那你可以寫同學都把毛襯裡拉上去禦寒，每個人都穿的胖鼓鼓的，好滑稽……」

他睨了我一眼，一副不可思議的表情：

「寫這個幹什麼？無聊！而且，毛襯裡我早就加上去了。」

我想想，是無聊！但又不甘心，說：

「你不能假裝今天才拉上去的嗎？」

「老師看到我早就拉上去了。」

面對這樣一個缺乏想像力的「務實」青年真有些氣結。

有時，我因勢利導，趁他眉飛色舞的談論學校發生的事情之際，給他中肯的建議：

「把現在你說的這件事寫出來，不就很好嗎？」

他總是撇著嘴說：

「寫這個幹什麼？每日一『得』耶！『得』就是感想、收穫耶！這算什麼『得』？」

可是，人那會天天有什麼了不起的「得」呢？我們不是常常十天、半個月，苦思冥想，也不見得有什麼收穫嗎？所謂「每日一得」不過寫些生活記要罷了，那能事事有「得」。然而，兒子是當真的，他苦思竭慮，天天瞎編，我若想繼續曉以大義，他必斬釘截鐵下結論：

「唉呀！你不曉得的啦！沒有人寫這些的啦！」

然而，奇怪的是，這些依我學文學的人看來非常沒有創意，且幾近八股的文字卻篇篇得A⁺。因為有A⁺做後盾，所以，兒子是挺鄙視我的那些自認為略勝一籌的主意的。

一天，功課實在是寫得太晚了，他搔首踟躕半天，不得已，勉強接受我的建議，寫道：

「棒球是我最喜歡的運動之一，我常在假日收看電視轉播棒球賽，以前，瘋狂時，連半夜的轉播也不放過。最近聽說，學生可以憑學生證到台北市立體育館看免費的職業棒球賽，同學們都很興奮，一直在策劃一起去。現在就等學生證發下來了，我幾乎已迫不及待了。」

第二天，兒子從學校回來，神情詭異的朝我說：

「你知道我昨天那篇棒球賽得幾分嗎？……你自己看吧！」

我打開本子，赫然是破天荒的「B」。老師在作文上批了「應循規蹈矩」五個字，我只恨有這樣沒風趣的老師。

有了這次的經驗，兒子愈發不信任我了，但是，為了不太傷我的自尊心，他總是在我興奮地為他出主意時，委婉地謝絕，說：

「我知道你講得很對，也很有意思，比我的要好很多，可惜，我們老師不喜歡你那種的寫法。」

於是，他繼續不斷的在本子上佯裝奮發進取地反省又反省：

「這次考得不理想，主要是考前準備不夠，下次應多複習，上課認真，才能有好成績。……」

「今天當選排長，非常榮幸，今後得更加努力用功，做同學的榜樣，才不辜負同學的厚愛。……」

「這個星期，我的考試成績已比上週進步，要繼續努力，才對得起辛苦的爸爸媽媽。……」

光看這些勉勵的記錄，準會以為他榮譽心高，有多溫順乖巧，而實際上的情況正好相反，他從不拿考試當一回事，當選排長，嫌麻煩，壓根兒不認為爸爸媽媽有什麼辛苦的。一回，我拿這些文字來相責，他則理直氣壯的回說：

「你不曉得啦！我們老師就喜歡這一套，我已經琢磨出來了。你只要寫『應努力用功』啦！『應孝順父母』啦！『不要貪玩』啦，鐵定A^+，如果寫什麼好玩的事，或是跟考試沒什麼關係的感想，一律死定——『B』。我這是『投其所好』。」

我低下頭，心下慘慟。倒不是為了孩子的功利，是想到這樣的教育將造就出什麼樣的下一代！童話提早出走，孩子在認識生命、開發自我之前，先就僵死在思想統一的門檻前，我們會有怎樣的明天！

——原載民國七十九年十二月廿七日《新生報》

愛馬的人

新聞報告時間，我從書房出來，一眼瞥見電視裡一位學生模樣的人正神色有些緊張的說著話。在螢光幕上接受訪問的人多半都是這種略帶亢奮而又故作鎮靜的表情，所以，並沒有引起我的注意。回頭和女兒說了兩句話，眼睛再回到螢幕上時，不覺大吃一驚，一位大約四十五歲左右的婦人神情激動的一邊哭、一邊說，眼淚鼻涕淌了一臉，狀至悲痛。因為十分激動，以致口齒有些不清。在一點也沒有進入情況下，我憑直覺判斷，可能是孩子游泳溺死，或是遭遇什麼樣的大災難之類的。畫面很快消失了，我急急發問：

「怎麼啦！剛才那個女人怎麼啦！」

「好像是她兒子的考卷被雨水打濕了，耽誤了幾分鐘作答時間……」

「就這樣，那她為什麼哭成那樣？」

「也不知道為什麼要哭成那樣？搞不清楚，大概心急吧！」

第二天中午的電視新聞，同樣的鏡頭又再度出現。這回，我看得比較仔細。那位受訪的考生表現得還算正常，至於那位婦人，簡直就是一副慟不欲生的樣子。接下來的幾天，那張涕泗滂沱的臉一直在我腦海裡盤旋不去。我心情沉重，不知道如何來解釋這張臉。

過沒多久，報上又刊出北區高中聯考數學科演算證明題「格式」風波。因為演算證明題的答案紙，題號由往年的上下排列序改為今年的左右排列序，以致許多考生不察，答案填錯地方。這個事實，嚴重暴露出在長期僵化教育下，青年幾乎已完全沒有起碼的應變及觀察能力。這且不談，我注意的是，一群情緒激動的考生家長攔住前往考場巡視的教育部長陳情，一位頭髮花白的老太太甚至當場為自己的孫子向部長下跪，直列三張的照片，擺在報紙的正中央，一張比一張觸目驚心，前些日子那張肝腸寸斷的淚臉遂再度浮上心頭，強烈的焦慮感由電視螢光幕裡、報紙上黑白照片中劈頭蓋臉撲來。我心情沉重，不知道如何來詮釋這個下跪的姿勢。

在升學主義掛帥的臺灣，「一試定終生」的聯考已演變為劍拔弩張的競賽。因為事關重大，所以錙銖必較，再沒有人能以平常心來看待這一場「公平競爭有限機會」的考試。每逢考季到來，看到莘莘學子在烈日下摩拳擦掌，總覺得一場戰爭下來，「傷亡」慘重，真是殘忍。我們能夠體會考生的焦灼，家長的憂心，然而，僅僅因為耽誤了幾分鐘的作答時間，居然讓家長歇斯底里的哭泣；為了抗議聯招會的處理不公，白髮老奶奶竟至當街屈膝。考試本來是孩子的事，應該讓孩子自己去面對，家長何需為子女扛負這麼多的悲苦。我們不反對爭取公平，卻不主張用這等情緒化的方式。我們更期望所有的家長都能協助子女理性的認識聯考，並支持子女對抗考試所造成的不當評價壓力，而不是增加考生的焦慮。

敦煌變文裡有一段文字，常常讓我想起現代的苦心孤詣的父母：

燃燈佛要到蓮花城說法教化。城裡的群眾都將最華麗的衣服鋪在地上，供佛步行。一心祈求能證悟無上菩提的善慧，也脫下鹿皮衣鋪上，眾人嫌他的鹿皮衣不夠漂亮，一邊罵他，一邊將他的鹿皮衣扔得老遠。善慧看到面前泥路有個大水坑，裡面全是稀泥，沒有人在上頭鋪衣服。趕緊撿回鹿皮衣鋪上，鹿皮衣不夠大，還沒能將水坑鋪滿。於是，他又將自己的身體、臉朝下的鋪上去，還披散長髮，把整個水坑鋪滿，讓燃燈世尊從他的身體和頭髮上走過去，世尊被他的誠意所感動，就當眾宣佈：「在無量劫後，你必可以成佛，號為釋迦牟尼。」

現在的父母養孩子，仔細想來，其用心之良苦，恐怕更甚於釋迦牟尼之供養燃燈佛。父母固然不在乎孩子是否能如燃燈佛般體會他的苦心，但是，如此面面俱到、九死不悔的為孩子

奉獻，似乎應該在效果上預作評估，在方法上略作改良。趴在泥坑上讓孩子踩過去，固然可以免得孩子弄污了雙腳，便輕易度過眼前的難關，但是，一雙從未踐踏過小泥坑的雙腳，在將來面對漫天風雨時，如何獨自有力的踩過滿地泥濘，則毋寧是更讓人憂心的問題。

而最嚴重的是，如此周全的安排保護孩子的方式往往形成孩子心裡最大的負擔。

我曾在一個公車站牌下，聽到兩個背著書包的小朋友天真的對話。一位精力充沛的胖男生對著一位戴著眼鏡的同學說：

「喂！待會兒回家，到我家來玩，好嗎？」

「不行！今天回家以後，我還要去補習心算。」

「那明天好不好？」

「也不行！明天老師要到我家來教鋼琴。」

「那後天總可以吧！」胖男孩鍥而不舍的。

「後天也不行，後天要上英文課。」

「那到底什麼時候才可以嘛！」

「……本來星期天下午可以的。可是，這個星期天，我爸要帶我去看畫展。真討厭耶！每次都要人家去，人家又看不懂。」

戴眼鏡的男孩嘟著嘴，不勝惋惜的說，眼鏡幾乎掉到鼻尖。他推推眼鏡，納悶兒的反問：

「喂！難道你每天都沒事嗎？都可以出來玩啊！」

「我媽說不用補習，自己唸就好了！」

「哇！你媽好好哦！你都可以不用補習，不像我媽，好討厭哦！……」

說完，突然想起什麼似的，從書包裡翻出一盒東西，順手丟進旁邊的垃圾筒裡。迎著胖男生疑惑的眼，男孩解釋道：

「牛奶啦！學校訂的啊！你難道沒訂？」

「沒有啊！我媽沒讓我訂。」

戴眼鏡的男生羨慕地說：

「哇噻！你真棒耶！連牛奶都可以不訂。……喂，你喜歡喝牛奶嗎？」

「還好啦！」

戴眼鏡的男孩一聽，像解決多大問題般，興奮地說：

「這樣子好了！以後……以後每天拜託你喝我的牛奶，好不好！」

「我才不要哩！我媽說不能隨便吃人家的東西！」

「拜託！拜託啦！我最討厭喝牛奶了！你每天幫我喝，我每天送你二十個彈珠！」

「好吧！」

胖男孩勉為其難的答應，兩人達成協議，歡歡喜喜的上車去了，留下聽得發癡的我，遙遙目送。

可憐天下父母心哪！《莊子》裡有一個很有意思的寓言，我們正好可以拿來和這件事相映照：

從前有一個非常愛馬的人，伺候他的馬伺候得無微不至。用竹編的筐筐去接馬糞，用巨大的海蛤去裝馬尿。

有一天，有一隻巨大的吸血蒼蠅，停在馬背上正吸著馬的血，養馬的人看了，心痛萬分，趕緊悄悄走過去，出其不意用力拍去。馬受了驚嚇，便用後腳一踢，把養馬的人踢死了。

《莊子》這則寓言的本意是：「意有所至，而愛有所亡」，也就是說，你愛一個人，那人卻不一定了解你的愛。如今的父母不也都正用著這種不為孩子所了解的愛去愛著孩子嗎？愛馬的人被馬踢死了！當心你的愛被孩子一腳踩死。

前些天，有位老同學打電話來，說她的寶貝兒子即將在暑假過後進小學，外婆、奶奶，甚至鄰居，都開始恐嚇她趕緊讓孩子去補習作文。我聽了，呆了半晌，不知道不識字的小朋友居然也可以開始補習作文。補習的魔爪已然由托福、考大學逐漸指向學前兒童，這世界，怎生了得！我對著話筒喟然長歎：

「又是一個愛馬的人，當心馬蹄！」

——原載民國七十五年七月廿七日《中國時報》

哪有這麼好心的人？

蟄伏了長長的一個冬季後，賣甘蔗的老先生又在一個溫暖的傍晚出現在巷子口，玩得一身汗的孩子，紅通通著臉，一窩蜂的湧到攤子前，口乾舌燥的樣子。

老先生俐落的削著甘蔗皮，壓著甘蔗汁，陸續的有人光顧他的攤子，帶著一瓶瓶用寶特瓶裝的沁涼的甘蔗汁。沒有帶錢的孩子眼巴巴的看著，露出無限嚮往的樣子。

一位三十多歲的男子，一手拿著幾個紙杯子，一手拿著一瓶剛榨好的甘蔗汁，大聲吆喝著：

「小朋友，誰要喝甘蔗汁？叔叔請客。」小朋友們本能的你推我擠的往後退，表情複雜的笑著。其中兩三個大概忍受不了這樣的誘惑，幾經掙扎，嘟著嘴唇，嚥著口水，到底還是身不由己的伸出手，接過杯子。一位年輕的太太急急的拽走了幾乎要伸出手的兒子，慌慌張張地走了，隱隱約約傳來那位媽媽壓低著嗓門說：

「你真大膽耶！你不怕被壞人給騙了，跟你說過多少次……」

那位男子愣了一下，熱烈的招呼一下子低了許多。一個紮著兩條小辮子的小女生，怯生生的正伸出手，冷不防從旁邊竄出個約莫大上幾歲的小男生，「叭」的一聲，一把打下她的手，厲聲喝斥道：

「你敢！你亂喝別人的東西，會被人家抓去哦！看我回去不告訴媽媽……」

女孩子縮回了手，快快地走了。所有正喝著的小孩兒一聽，都急急忙忙把杯子裡的甘蔗汁一古腦灌了下去，一溜煙的跑了。

那位男士失神的站在逐漸四闔的暮色裡，臉色明顯的白了起來。手上的甘蔗汁不提防的順著杯緣汩汩地淋了一地。但是，沒一會工夫，他就恢復了過來，顯然還沒有完全被擊倒。看到站在我前頭等著買甘蔗汁的兒子，又高興的遞過杯子。兒子禮貌的搖首說：

「謝謝叔叔，不用了！我媽媽已經付了錢了，我們自己有。」

他似乎有些失望，訕訕然地和我招呼著，正要遞過來，我笑著拒絕：

「啊！謝謝！不用客氣，真的。我們已經買了，他正在削甘蔗……」

他失望的拿著瓶子和剩下的紙杯，四下張望。我隨著他的目光往回望，赫然發現剛放學的女兒居然拿了一杯，躲在我身後喝著，我把她推到前面來，對著她說：

「怎麼喝叔叔的？我們自己也買的。有沒有謝謝叔叔？」

女兒羞愧地道了謝。男人的臉上，總算綻現了一絲光采。兒子背過身，壓低了聲音恫嚇：

「該糟了，你會被人家抓去，綁架，被殺掉！……」

男人的臉霎時紅到脖子上，瘸著腳，一拐一拐地忿然離去。這時，我才發現他似乎患過小兒痲痺症的樣子。我把兒子叫到跟前，指責他：

「你怎麼可以這樣說！人家叔叔一片好心。」

「本來就是啊！你不是一直跟我們說，不能隨便拿別人的東西，會被綁架的嗎？上次電視上不是也講有小朋友被抓走嗎……」

「是沒錯啦！但是……」

我艱難的不知如何措辭，只能含糊其辭地說：

「反正，這個叔叔看起來不像壞人的。」想想，的確有些不放心，低下頭和女兒說：

「不過，以後還是不要隨便接受別人的東西，哥哥說得不錯。」

哥哥受到鼓勵，居然毫不顧及母子之情的，開始理直氣壯的抨擊我的婦人之仁：

「看起來是好人不一定就是好人耶！有時候壞人看起來也像好人耶！你們女人就是這樣……」

完全是他爹的口氣。被他這樣一搶白，幾乎要惱羞成怒起來。我假裝沒聽到，兀自背過身去催促老先生。

很不幸的，在一陣轟然的巨響過後，壓甘蔗的機器突然宣告失靈。老先生修理了好久，抱歉的把錢還給兒子。兒子哭喪著一張臉，像是剛被宣判無期徒刑的犯人。可望而不可即的甘蔗汁突然搖身一變成為渴想中的珍品，我感覺兒子的整個嘴唇在極度的失望中完全龜裂開來，心裡有些不忍。於是，安慰他：

「沒關係啦！反正伯伯明天修好了，還是會來的。」

「我真倒楣耶！一點也沒喝到，都快渴死了，怎麼能等到明天？……」

為了安撫他，我鼓勵的說：

「你今天表現得還不錯。沒有隨便吃別人的東西，我決定讓你到小店買一瓶可樂。」

這番話無疑是勾起了他的新愁舊恨。平常就愛吃的他，今天忍耐著沒拿別人的甘蔗汁，算是做了最大的犧牲，十分壯烈的。

萬般委屈的他，走到妹妹跟前，心有不甘的借題發揮：

「反正你完了！有一天你一定會被剛才那個叔叔抓走，沒有人去救你，說不定還會被殺掉！你完蛋了！……」

妹妹一臉驚慌，驀然嚶嚶地哭泣起來。

小店裡，群聚著一些太太在聊天。一進門，就聽到一位太太尖著嗓門兒說：

「這個人有問題；請小朋友喝甘蔗汁，還特別到小店來買紙杯！天底下那有這麼好的人，不知道要幹什麼？」

我主持正義的替他說話：

「不會吧！看他滿好的。大概是喜歡小孩子吧……」

話還沒有說完，馬上有人打岔：

「沒那麼簡單吧！蔡太太！你們讀書人不知道啦！現在社會……」

「他是幹什麼的？」

有人開始向小店老闆娘打聽他的身家，老闆娘用不太肯定的語氣回答：

「好像是個老師吧！」

「現在老師也不可靠哦！你沒聽說，很多老師對學生毛手毛腳的……」

「多大年紀的人啊？」

「結婚了嗎？」

「住在那裡？」

眾人七嘴八舌的，好不熱鬧。老闆娘一邊拿東西，一邊回答：

「好像還沒結婚吧！三十多歲吧，就住在轉角那間屋子，跟爸媽住在一塊兒，剛搬來不久。」

一位太太像是逮到什麼似的，斬釘截鐵的下結論：

「那一定是變態的人，三十多歲還不結婚……」

「不會吧！看起來滿好的一個人。……」

我訥訥的為他辯護著，翻來覆去的同一句話，沒什麼新鮮的辭兒。那位太太一手擋過來，阻止了我的話，權威地說：「你們讀書人不懂啦！……」

然後，轉過身跟愣在她身旁的女兒正色的交代：

「下回再看到那個叔叔，不許跟他講話，知道嗎……」

聽了半晌，兒子示意我彎下身，偷偷地在我耳邊說：

「媽！真的耶，一定有問題。我發現他自己一口都沒喝耶！哪有這麼好心的人？……」

——原載民國七十五年四月三日《中國時報》

小女兒的心事

女兒郊遊歸來，正好和剛下班的我在門口巧遇。女兒興奮得不得了，嘰嘰喳喳，迫不及待的報告趣聞。我手裡拎著才從超市買回來的菜，心裡想著上樓後，如何搶時間做家事，以便在外子下班前弄好菜飯，於是，敷衍的說：

「看起來好像很好玩哦！等一下再告訴媽媽，好不好。上樓以後先洗澡，知道嗎？」女兒乖巧的答應了。

開了爐火炒菜，抽油煙機太響。洗過澡的女兒踱進廚房裡，興沖沖的繼續剛才的話題：

「後來……我們就一起去……」

我放開喉嚨，大聲地說：

「你講什麼我聽不到。抽油煙機的聲音太大，等會兒再說好嗎？對不起哦！」

女兒體貼地退出廚房。

外子回來了，女兒高興的迎向前去：

「我們今天去郊遊，好好玩哦……」

外子疲倦的說：

「女兒乖，讓爸爸先洗個澡好嗎？」

女兒敗興的閉了嘴。

飯桌上，為了房子貸款利率提高的事，外子和我談得熱烈，女兒幾度插嘴不果，外子說：

「我和媽媽有重要的事商量，很急的，乖女兒，你有事，等會兒爸媽講完再說好嗎？」

吃過飯，洗著碗，女兒又要進廚房，我急急的阻止：

「什麼事？等一下好嗎？廚房裡濕答答的，不要進來，等媽媽把地拖乾淨了再說。」

女兒安靜的閃了出去，望了望正在打電話的爸爸，悄悄的走開。一會兒，兒子的房間傳出：

「妹妹，不要吵我啦！我做完功課再陪你，好不好嘛！」

七點半，新聞播報時間，全家人在客廳沙發上就座完畢，頭條新聞正要開始，女兒又靠過來，欲言又止，外子說：

「乖女兒，大人看新聞時，不是說了，不能講話嗎？看了新聞才知道世界發生了什麼事，你有事，等一會兒再說，好嗎？」

好不容易重要新聞都過了，洗衣機裡的衣服正好洗畢，我到後陽台上晾衣服，女兒拉開落地窗往外望，我趕緊提醒她：

「妹妹乖，把窗子關好，要不然蚊子會飛進去，晚上會咬你哦！登革熱你知道的，對不對？乖！有話等一會兒說。」

女兒聽話的拉上門，一線生機的往前頭找爸爸去。外子在前陽台澆花，望了望前陽台上的兩片落地窗，女兒歎了一口氣。

好不容易兩個大人都從工作崗位撤回，正要喘口氣，兒子喊著：

「媽媽，我功課寫完了，你來檢查一下好嗎？」

我拖著疲倦的步伐前去，耳邊聽到外子說：

「先讓爸爸看一下報紙好嗎？乖女兒。」

從房裡出來時，女兒又迎上來，我看看鐘，乖乖，已經九點了，揮著手，告訴女兒說：

「快！去刷牙，九點了，該睡覺了。」

刷完牙出來，外子擁著她說：

「乖女兒，該睡覺了，要不然明天又起不來囉！有話明天再說好嗎？」

把兒子女兒都趕上床去，我鬆了一口氣，急忙抽出學生的作文來批改，外子也拿出報告來看。突然，隱約有啜泣聲時斷時續，我側耳傾聽，似乎從女兒房裡傳出，我躡手躡腳潛進。黑暗中，女兒正蒙被哭泣，我拉下被子，摸到濕答答的臉頰，女兒委屈的說：

「我不知道你們什麼時候才有空聽我說話？」

——原載民國七十八年九月十九日《中國時報》

都是騙人的啦

兒子在人世間感受到的第一次打擊來自電視，那年，他大約五歲。

是個洗髮精的廣告，幾名漂亮的女生垂著一頭烏亮的長髮，俯首斂眉的展示頭上不同款式的髮夾。不記得是位男士或女士的聲音在螢光幕後不斷的催促觀眾把洗髮精瓶上金色的標籤寄去換髮夾。

那時，我正好留著一頭長髮，浴室裡也正好擺了幾瓶同樣牌子的洗髮精。兒子看看電視、看看我，再跑到浴室看看洗髮精，於是，決定去換個髮夾來送給我妝點門面。

在這之前，我們是從不作興這類事的，所以，完全不清楚這件事有幾分的可靠性，不過，孩子這樣熱心，他爸爸有感於他對母親的一片體貼，遂破例為他買了兩張明信片，幫他寫上指定地點、姓名、地址，由他自己貼上標籤、踮著腳投到郵筒裡。

兒子興奮極了！因為這可以說是他有生以來首度主持策畫的大事。明信片才投郵，第二天從幼稚園回來，就迫不及待的問我收到髮夾了沒有。以後，每天下課，第一句話就是：

「收到了沒？」

「沒有。」

然後，就看到他晶亮的眼睛一暗。

日子一天天過去，後來，連問答的話也免了，只要一進門叫「媽！」我搖搖頭，便清楚了。

一天，終於沉不住氣了，我聽到他在書房壓低了聲音問他爸爸：

「會不會是寄丟了？還是郵差伯伯送錯了？」

他爸爸很有默契的馬上聽出來他指的什麼，說：

「不會吧！……再等等看吧！……」

臺灣的郵政辦得這樣好，他爸爸大概也不忍心陷害郵差。這個本來不應該是問題的問題似乎已經在我們家造成了問題，主要的原因是，我們一向對孩子太信守承諾了。

一個月過去，孩子不知是徹底灰了心抑或忘記了，放學再不提這件事。我心想：

「畢竟是孩子，忘性快。」

沒想到當天傍晚，我正在浴室裡洗頭，孩子站在門邊兒默默看了很久，等我沖完了泡沫，突然開口：

「媽！以後我們不要再買這個牌子的洗髮精好嗎？他們都騙人耶！你不是說大人、小孩都一樣不能說謊嗎！他們怎麼可以說謊！」

孩子的話，在我充滿了水的耳朵裡流進又流出，我充分感受到他話裡強烈的怨懟，不禁心疼萬分，安慰他說：

「大概是寄去的明信片太多了，有些不小心被弄混了，忘了寄禮物出來。」

兒子顯然對這樣的解釋感到不滿意，他說：

「可是，我寄了兩張耶！兩張都弄混了？不會吧？」

我企圖再作努力，說：

「也許去要髮夾的人太多了，髮夾不夠了。」

自覺這樣的解釋還滿合情合理的。只是，從小就以理路清晰見稱的兒子馬上又提出強而有力的反擊：

「才不是哪！如果髮夾不夠了，為什麼我們的明信片寄去好久以後，電視上還叫人家寄。沒有髮夾了還叫人家寄，這不是更騙人嗎？」

我一時語塞，不知從何說起，只有很阿Q的說：

「沒關係啦！反正那種髮夾媽媽也沒有很喜歡。」

孩子沉默地走了，我覺得自己很無聊，居然講這種話。

這次的「洗髮精事件」看似結束了，其實不然，對兒子而言，這只是個開始。

上了一年級，太空戰士突然風靡了整個小學校園。大大小小的孩子開始以「金龍」、「金虎」自詡，女孩兒也不甘示弱，自稱是「金鳳」，在操場、課桌椅間跳上蹦下的過招，玩得不亦樂乎！

電視公司乘勝追擊，展開「太空戰士著色畫比賽」，說明只要寄上回郵信封，就可以接到參加比賽的圖畫紙。

對太空戰士的崇拜和著迷，使得兒子忘了前車之鑑。這回已不必假手他人，用自己的零用錢買了郵票信封，仗著剛在學校學會的幾個簡單的國字和注音符號，寫了一封表達得相當清朗的信，信的最後，還附加了一行說明：

「ㄎㄜˇ不ㄎㄜˇ ㄧˇ ㄧㄝˇ ㄍㄟˇ我妹妹 ㄐㄧˋ ㄧ ㄓㄤ，我妹妹 ㄧㄝˇ很 ㄒㄧˇ ㄏㄨㄢ。」

日子在期盼中逝去。同時寄去的小朋友，有的收到了畫紙，有的沒有。很不幸的，兒子又在失望之列。比賽結果揭曉，兒子嘟著嘴，又失望、又憤恨的說：

「電視上都是騙人的，對不對?媽媽。」

我沒有辦法答腔，假裝沒聽到，埋著頭離開現場。從此，「電視上都是騙人的」這句話變成一個結論，在我們家裡廣泛的流行著。

螢光幕上，流浪的咪咪找不到媽媽，女兒哭得涕泗縱橫，跑到我跟前，抱著我說：

「媽媽不要離開我好嗎？」

我還來不及答腔，就聽到兒子嗤之以鼻的聲音：

「電視上都是假的、騙人的，好呆哦！哭什麼！」

我一向很容易受感動，常常和電視人物同進退，哭得涕淚交加，外子老是笑說：

「作戲瘋，看戲憨！」

兒子必定再加那麼一句：

「是嘛!哭什麼?笑死人了，電視上都是假的。」

新聞播放海山煤礦災變的現場畫面時，我跟著呼天搶地的遺屬哭得死去活來，兒子依然帶著冷漠的表情對妹妹說：

「媽媽好奇怪哦!電視上根本都是騙人的，為什麼還哭，莫名其妙！」

我擦乾了淚，感覺到事態嚴重。

世界上騙人的事還不止是在電視上才有，這是兒子後來又陸續發現的。

有一陣子，兒子對「抽獎」這件事簡直是著迷。學校附近，有個小店，專門給小孩子抽獎。每回下班，打那兒經過，總看到好多小朋友聚集在那兒，兒子的零用錢多半投資在那上頭。

一回，和兒子一齊進去參觀，只見店裡琳瑯滿目，全是各式各樣的抽獎玩藝兒。有抽玩具的、抽糖果的、抽泡泡糖的，甚至還有抽錢的。牆上掛著一個個緊閉著嘴的小籤條，每一張嘴，都代表一個希望；桌上擺的是一個個用紙糊住的木洞，每一個手指戳進去都代表一個結果。簡直是個小型賭場，而且顧客注定是穩輸不贏的。

兒子試了五元，什麼也沒得到。店裡的老闆看是大人跟著來的，大概不好意思，忍痛給了他一條染了色的、黏不拉嘰的細長條豆干，看起來怪可怕的。

出來後，我立刻曉以大義。告訴他這形同賭博，而且東家佔盡便宜，沒想到他中毒已深，居然說：

「其實，也不見得。前幾天，我只用三元就抽到廿六元耶！」

我瞿然大驚，立刻追問：

「錢呢？」

「後來，我又繼續抽，又把它抽光了。」他輕描淡寫的敘述著，我鬆了一口氣說：

「你看！我說的沒錯吧？到底還是騙人的！」

他不服氣的抗議：

「誰說的！如果我一抽到廿六元，就不再抽，不就賺到了嗎？」

站在陽光下，我不禁倒抽了一口冷氣，這不就完全是副小賭徒的心態嗎？我知道，這時候再說什麼都屬多餘，這個小人兒已經被那廿六元沖昏了頭。

零用錢照給、獎照抽、日子照過。一天，他放學回來，終於長長的歎了一口氣，遞給他妹妹一塊抽來的軟糖，心灰意冷的說：

「喂！我跟你講哦！我們學校附近那個小店真的是騙人的耶！根本就抽不到什麼大獎，老是只抽到這種糖……。」

抽獎的夢剛宣告醒來，另外一個夢又繼之而起。

每天放學，一進門，什麼事都來不及做，照例先掏出書包裡一本本的拼圖卡、拼圖冊和一疊疊的拼圖，一屁股坐在地毯上，開始黏貼起來。有些是十張或六張的拼圖卡，有些是一百多張的拼圖冊，五顏六色的，看得人眼花撩亂。中獎的目標是各色的玩具、腳踏車、照相機。有時候，我也坐在地毯上幫他，愈貼心裡愈毛，總覺這些商人真可怕，正一點一滴在摧毀孩子對大人的信任。

據孩子說，是在學校福利社買的。很多小朋友都在集。一大早到學校，第一件事就是彼此交換多餘的卡片，我望著手上必須集滿一百多張的拼圖冊，懷疑的問：

「真有小朋友全集到了嗎？」

孩子信心十足的回答：

「有耶！有一位小朋友只剩下一張了！」

「你們不是都交換嗎？為什麼不換給他？」

「我們也都沒有那一張呀！」

道理是很明顯了。可是，看著孩子興匆匆的臉，我是什麼話也不忍心再說了。

以後，每天放學，我就試探的問：

「你那同學找到那張了嗎？」

「沒有！」

日復一日，最後，他那上大班的妹妹耳熟能詳，便取代了我的發問，有一天，忽然聽到他惱羞成怒的回答：

「每天都問！煩死人囉！」

然後，走進屋裡，好半天才出來。我好奇的進房裡檢視，字紙簍裡躺著一大堆的拼圖卡。拼圖中獎遊戲於焉告一個段落。

前幾天，孩子坐在電視機前看著「媽媽！為我加油」的節目，我跟外子說：

「沈姐姐的口才是愈來愈好了，你看……」

平時從不參與我們討論事件的女兒，突然老氣橫秋的接口說：

「反正沈姐姐也是假的，電視上的都是騙人的。」

兩個大人相顧失色，不知所以，正猶豫間，她又氣定神閒的下了一個結論：

「世界上根本就沒有沈姐姐這個人嘛！世界上的事都是騙人的……。」

我的眼淚忽然不爭氣的掉了下來，痛心疾首的。

——原載民國七十四年十一月二十八日《中國時報》

如果是你呢？

楔　子

放學後，兒子帶了兩位同學到家裡來做功課。三個小人兒埋著頭在燈下寫國語作業，我在一旁看書。一會兒，兒子大概寫到「欺侮」二字，抬起頭對我說：

「媽！你知道嗎？欺侮和欺負是不一樣的耶！」

「哦！有什麼不一樣？」

我頭也沒抬的直接反應著。

其他兩個小頭不約而同的抬起來，三個人爭先恐後的搶著回答：

「欺侮比欺負更厲害，除了欺負之外，還用很難聽的話侮辱人家！」

多半是老師在課堂上的解說吧！看他們談得熱烈，我不好意思再把眼睛直盯在自己的書本上，索性放下書湊趣的問：

「課本上有『欺侮』兩個字嗎？」

「有呀！今天我們老師教第十課，寫國父小的時候。說國父七歲的時候，看到大同學欺侮小同學，勇敢的出來打抱不平，國父很勇敢耶！……」

我心裡一動，興味十足的發問：

「如果你們是國父，會怎麼做？」

兒子不假思索的搶著回答：

「我呀！溜呀！我才不那麼多管閒事！」

其他兩位小朋友大笑起來，指著兒子揶揄道：

「哈哈！膽小鬼！膽小鬼！……」

我心裡一驚，直覺的對兒子的冷漠感到不滿。小小年紀，這般世故！於是，轉向其中一位問：

「你呢？小俊！如果是你呢？」

「我呀！我才不那麼膽小哪！我會待在那兒看熱鬧，好戲上場啊……」

他理直氣壯的回答，三個孩子推來打去，樂不可支。最後一位小朋友在我再三敦促下，支支吾吾的說：

「我不知道耶！……我……對了！」

說到這兒，他突然變得滿臉正氣的說：

「我去報告老師！」

小朋友們笑成一團，我赫然發現，一個社會的縮影就在眼前，而且是活生生的現代社會的標準模式。正怔忡間，兒子忽然把箭頭轉向了我：

「媽！你呢？如果是你呢？」

我嚇了一大跳，心裡毫無防備。沉吟了半晌，對著三張迫切期待答案的小臉蛋，竟提不出一個教自己滿意的回答。只好打太極拳似的推託著：

「我呀！嗯！我還沒想好怎麼辦耶！」

孩子們失望的回過頭去繼續寫功課。可是，一整天，我的腦子裡卻一直迴響著：

「媽！你呢？如果是你呢？」

看熱鬧

「如果是我呢？」我一遍遍的自問著。

首先躍上腦海的，是每次街頭發生糾紛時，四周群集的人潮：好奇的發問者、多事的解答家、熱心的排解人、興味十足的湊熱鬧者……短短幾分鐘內就可以滾雪球般形成一個堅固的組織，攻之不破。而不管是失火或礦災的現場，電視新聞報導的鏡頭裡，總是擠滿了一些不相干的看熱鬧的人。有經驗的流動攤販，聞風趕來，就地做起生意來，往往可以大發利市。

印象最深刻的莫過於家裡附近上空發生的一起嚴重的空難。大概是初中時吧！飛機上據說載了不少電影圈的重要人物。記得當時我坐在望西的閣樓上做功課，往窗外看去，看熱鬧的人潮絡繹於途，數日不絕。聽鄰居的歐巴桑說，還有遠從嘉義、高雄到潭子來「參觀」的，真正是不辭辛勞！空難的現場，據說距離我們家不到一公里。當時，膽子小，加上媽媽嚴格禁止，沒去湊熱鬧。鄰居的好友明珠回來後，大肆渲染了一番，說竹叢上還掛著一條人腿，把我嚇得魂飛魄散。她倒自在，一邊形容，一邊舔著手上的糖葫蘆，看我好奇的直盯著她的糖葫蘆，忙解釋道：

「是在那兒買的。那裡好熱鬧哦！好多攤販在那裡賣東西哪！」

簡直沒辦法想像那是一種什麼樣的光景！竹叢上掛著支離的人腿，田裡屍首狼藉，而群眾一波一波的由四方蜂擁而至，一邊驚懼的瀏覽著、駭歎著，一邊舔著糖葫蘆、吃著烤番薯。在那樣的黃昏，那樣青澀的年紀，腦中模擬著失事現場的奇異光景，我是一點也不明白的。

而今，二十年過去了。電視新聞報導中，我們看到海山煤礦災變發生時，通往當地的道路上依然擠滿了好奇的人潮，幾度使得急救的車輛無法動彈。這些全天鵠候的群眾，一邊感歎罹難家屬的可憐，一邊坦然的就地買便當果腹。二十年了，我已由懵懵懂懂的女孩兒成長為飽經世故的婦人，但是，對人性中如此一成不變的奇異特質，依然是一些也不明白。

怎麼能責備孩子決定留在發生糾紛的地點「看熱鬧」？又怎麼能苛責孩子流利的順口說出「好戲上場」？擁擠於電視鏡頭裡的大人，提供給兒童什麼樣的典範？不禁教我深深的歎息了！

才不多管閒事

然而，面對兒子的冷漠引起的不滿又公平嗎？捫心自問，你又給了自己的兒子什麼樣可資借鏡的榜樣？永遠記得那個悶熱的傍晚，帶著兒子上臺北。車子在縱貫道上奔馳，就在左轉向高速公路交流道的叉路上，紅燈亮了。我在內側車道停了下來，目睹了一樁弱肉強食的暴力事件。

不知道是為什麼引起的糾紛，四個滿臉橫肉的男人，把一部三洋喜美的車子逼到外側路旁，開車的是一位年約廿五的俊美少年，一臉惶恐。只看到那四人把車子團團圍住，在外頭跋扈的叫囂著，因為距離遠，沒聽清楚，似乎是叫少年下車。少年緊閉著車門，在裡頭僵持著，不敢下來。四人中看起來最粗壯的一位，突然從路旁搬了一塊直徑約廿五公分的石頭，猛力往車窗砸去，然後從破裂的車窗中反手拉起門鎖，把少年從車裡硬生生揪出來。其他三人訓練有素的一擁而上，把少年制伏在後車蓋上，四人輪番上陣，狠揍了一頓。

少年的頭側伏在車蓋上，隨著拳頭的起落，臉部嚴重的扭曲，血不知從那裡噴出，殷殷流了一臉。然後，身體慢慢不支的蜷曲下去。是下班時間，交通流量的尖峰時段，路上的行人和車輛多得不得了，沒有人挺身而出、仗義執言。行人多帶著驚恐的臉、遠遠的迴避著，摩托車巧妙的繞行而過，直行道上的汽車，停下來，探了探頭，又飛快的馳去，因紅燈而停下的內側車道上的車主冷冷的瞧著。我在車上心神俱裂、淚下如雨，不斷的催促自己：

「下去！下去！去求他們！他們總不至於連我也一起打吧！要不然，那個人準被活活打死……下去……」

可是，心底又一個小小的聲音說：

「誰知道呢?這些該死的流氓，誰又知道他們會做出什麼事來呢？」

扳著門把的手，在開關上猶豫的逡巡，拉開又放下，放下又拉開，幾回掙扎，左轉綠燈亮了，後面車子的喇叭不耐煩的催著，我理直氣壯的把手縮回，用顫抖的腳踩上油門，在心裡找理由原諒自己：

「不是我怕死，不去救他。綠燈亮了，我的車子再不走，妨害了別人的交通。如果我的車子在外側車道上，我一定下去求他們……」

車子緩緩開動，從後視鏡上，我看到那四個男人在一番暴力行動後，大剌剌的橫過馬路，跳上一部接應的藍色轎車揚長而去。

由於心情太激動，手腳發軟，頃刻間，實在無法上路，於是挑選了一個不阻礙行車的路邊停靠。回過頭，赫然發覺到稚齡的兒子默默地從頭到尾目睹了整樁事件。顯然驚嚇過度的臉，雪白著。見我回頭，啞著嗓子問：

「媽！為什麼沒有人救他？……他會死嗎？」

我黯然的轉回頭，繼續發動車子，一句話也說不出來，一直到臺北，兩人都沉默著。

報告老師

然而，報告老師就真能解決問題嗎？

有一夜，突然從睡夢中被巨大的撞擊聲驚醒。我捻開床頭的小燈看鬧鐘，凌晨兩點多。窗外傳來乒乒乓乓的玻璃碎聲，間雜著女人尖銳的哭喊：

「求求你，不要這樣，求求你！……」

聲音裡摻雜著焦灼和恐懼，在寂靜的夜裡顯得格外高亢。大概是阻攔不住，她又尖聲喊叫起來，顯然是轉向另外一個人說的：

「求求你，趕快走吧！求求你！趕快走，他拿菜刀出來了，趕快……」

聲音之淒厲驚恐，無以復加。接著，聽到一個男人惡聲的說：

「驚啥米！我就毋信伊敢把我呷下去！」

「緊走！拜託啦！出來了！出來了！」

女人換上臺語，石破天驚的喊著，可以想像到情況有多危急。

我毅然跳下床，忙亂的翻出電話號碼簿，因為緊張，兩手發抖，心想著一場血戰即將開始，竟然變得眼花撩亂，怎麼也找不到警察局電話。等到好不容易找到了，一看！乖乖！各管區派出所的電話幾乎多達一面之多，也不知道該撥那一支。當機立斷，選擇涵蓋面最廣的總局。

電話連響了十聲才有人接聽。還沒開口講話，先聽到裡面的警員對著另一具電話說：

「好了！我記下了，馬上去……」

顯然剛接完一個報案電話。而且從電話裡還聽到警察局的電話鈴聲此起彼落，生意相當興隆。我簡單扼要的說明過後，警員一本正經的開口：

「你確定他拿了刀嗎？」

我一下子心虛起來。事實上，我是全憑耳聞，並未目睹，如何能確定？然而，我是不是應該確定以後，再來報案呢？我一下子糊塗起來了。

「一定要確定以後才能報案嗎？我只是聽到那個女人喊的。」

我謙卑又抱歉的回答。警員沉吟半晌說：

「也不一定啦！不過，不能騙人哦！好啦！告訴我什麼地方？」

我戰戰兢兢的把地址告訴他，悵悵然掛下電話。

爭吵聲、哭喊聲愈演愈激烈，我撩開窗帘，看見小巷裡，人影幢幢，追來跑去，在淒冷的月色下，格外教人心驚膽跳。

時間一分一秒的過去，警察一直沒來。這時候的心境相當矛盾。一方面希望它趕快結束，不要造成不可收拾的結果；一方面又唯恐事件很快結束，沒有留下任何打鬥的證據，不能證明我並非謊報。

吵鬧聲、哭叫聲時而微弱，時而激昂，我的心情隨之起伏。突然，在一陣氣息微弱的詛咒之後，異軍突起的一聲男士大吼：

「×你娘！跟你拚了……」接著一聲驚懼的尖叫聲劃過，我心頭一震，魂都差點兒沒嚇掉了。豎起耳朵再聽，久久沒有任何聲響，大地歸諸沉寂。

我坐在黑夜裡，懊惱不已。據研判，事情只有兩種結果，不是不了了之，就是已經血流五步。不管那種結果，我的報案都屬無稽。

距報案時間約半小時後，警察的摩托車呼嘯前來，從四樓往下看，警察是單刀赴會的，在冷冷的月光下，他跳下摩托車，在巷子裡，威武的來回走了幾趟，往我的窗口正氣凜然的瞪視了幾秒鐘，我躲在窗簾後，羞愧地幾乎無地自容。

如果是你呢？

雖說中國人愛湊熱鬧的心理多年來一直未曾改變，但仔細想來，這種事不關己的隔岸觀火式的熱情，不過徒增困擾而已。而人際關係事實上是日趨冷漠，暴力事件卻在逐年增加，警力又是如此有限。在這種情況下，如果再次遇上類似的暴力糾紛，憑良心說，我是不知道該怎麼辦了。諸位，讓我把這個問題丟給你，如果是你呢？

——原載民國七十五年一月廿二日《中國時報》

非權貴子弟

兒子第一回對他的「非權貴子弟」出身感到極度不滿意，是在他上小學二年級時。他的功課一向還不錯，大抵都能保持在前三名內，只是不知為什麼，班上什麼「長」字輩的頭銜都輪不到他身上。偏是他對這種權力的滋味又頗為嚮往，常常回家揣想如果讓他當的話，會是如何的鴻圖大展之類的。有一回，好不容易撈到一個組長當，雖然管轄區內只有區區三名小將，卻也足夠讓他炫耀興奮好久。為了表示感同身受，做父母的我們決定星期六送他一個禮物以資慶祝。沒想到還不到星期六，他就垂頭喪氣的回來宣佈組長職已被取消，理由是：

「都是張信彬害的啦！愛告狀！我只不過中午睡覺時講了一點點話就告狀，真討厭！」

我們當然立刻曉以大義，他爸爸還搬出《大學》修身、齊家、治國、平天下的道理來大大解說一番，兒子可不吃這一套，恨恨地說：

「不當就不當！有什麼了不起。」

話雖如此，我們知道他一直無法釋懷。對這類小兒女的瑣瑣碎碎，我們也不便去和老師溝通，因為我們深信老師教書比我養孩子還經驗豐富，應該自有他的道理在。何況，我也深知兒子調皮搗蛋，鬼點子多，不是天生的領導者。但是，「組長生涯原是夢」對他似乎造成了不小的打擊，以致常聽到他用鄙夷的口吻批評當權派，尤其是那位當班長的小女生：

「我們班長好愛哭，動不動就哭，有什麼領導能力？女生當班長！差勁！」

「今天我們班長又被同學氣哭了！差勁！」

我很注意他的情緒發展，也常找心理學的書來應對，可是，似乎不甚管用，還紓解不了他心頭的怨氣。有一天，老師氣急敗壞的打電話來：

「含識把班長從樓梯上推下去，幸好只有兩個階梯，班長哭得好慘！」

兒子雖然頑皮，但一向仁厚有禮，怎麼會做出這麼野蠻的行為，著實讓我們心驚。放學後，我也不主動問他，只是照往常般和他談些學校發生的事，他倒也不隱瞞，說：「今天我好倒楣哦，跑上樓梯的時候，不小心和班長撞在一起，她跌下樓梯，哭得好大聲，害我被老師罵了一頓。女生好沒用……」

我看他的樣子很自若，不像在騙人，正心裡暗自慶幸沒先給他安上罪名，他又很委屈的說：

「當班長真好，老師都偏心她耶，我已經道歉了，她還哭個沒完，害我被老師罵了一頓，我要是能當上班長就好了。」

我為他這樣奇怪的邏輯推理啼笑皆非，除了跟他說明在樓梯上不要奔跑、男生應愛護女生的道理外，也不知如何說他。

那個星期日早晨，我正坐在沙發上看報紙，兒子在另一邊歪坐著，長長的歎了口氣說：

「唉！如果我的媽媽是二年二班的老師就好了。」

我放下報紙，用眼睛詢問，他接著說：

「如果我的媽媽是二年二班的老師，我就可以當班長，我們班長就是二年二班老師的女兒，你知道嗎？我們學校老師的孩子全都當班長耶！」

空氣在早晨的客廳裡凝住，我看著滿懷怨懟之情的兒子，覺得抱歉而絕望，那種感覺，較諸多年前，我投考師範學校落榜，更加難堪。

——原載民國七十八年九月十七日《中國時報》

再等一下下

娃娃車在巷子口停下來時，我正從小店買了報紙出來。四、五個無精打采的小孩兒在家長的催促下，睜著惺忪的睡眼、慢吞吞地朝車子踱過去。車門開了，跳下來一位紮著辮子、笑容可掬的年輕女教師，活力充沛的和魚貫上車的小朋友打著招呼：

「小朋友早！怎麼翹著嘴？小萱！跟誰生氣啊？……婷婷今天穿得好漂亮啊！于棟不要推，明廷快！上車囉！」

一邊說著，一邊還拉長了脖子，往車裡喊：

「先上車的，先坐到最裡頭去。乖！聽話哦！不要吵架。最乖的，老師等會兒有獎品。」

最後一位小朋友也上車了。她俐落地跳上車，清點了人頭，又跳下來，四下張望著，嘴裡直嘟囔著：

「小茹！……小茹呢？我的姑奶奶！又是小茹。……」

說著，朝司機伯伯打了個手勢，急慌慌小跑步進巷子裡。剛上車的小孩兒很快地感染了車上小娃兒推推打打喊喊吱吱喳喳的活潑氣氛，一反方才病懨懨的樣子，也開始展示起激烈的肢體語言。司機伯伯對一車子的猴樣兒視若無睹，兀自伸長了脖子往巷底望。在小店喝豆漿的家長們開始議論紛紛：

「每天都是小茹，這個王太太到底搞什麼名堂。」

「對呀！每天讓娃娃車等她一個人！」

「有時候老師還得上樓去幫小茹穿衣服耶，真過分！」

一位太太掩著嘴，吃吃地笑著調侃：

「王太太大概每天晚上都太辛苦了，起不來吧！」

「要死了你！缺德！」

約莫等了有五分鐘之久，司機開始不耐煩的揿喇叭。我也著急地往巷底望去。女老師正邊走邊手忙腳亂地幫小茹穿圍兜兜，王太太則一旁侍候著小茹吃包子，小茹塞滿了一嘴的東西，三人各有所司的走出來。司機重新坐正了身子，蓄勢待發。三人走出巷口，眾人正都鬆了口氣時，王太太忽然朝老師說：

「對不起，再等一下下，好嗎？」

然後，拉著孩子的手，走進小店，對著滿架的糖果，從容不迫地說：

「好了，自己挑！看要那一種口香糖，趕快，人家娃娃車在等了，只許選一種。」包括老師、司機，鄰居在內的眾人，對王太太這般的臨危不亂，都目瞪口呆。孩子猶豫著，拿拿這個、摸摸那個，好一會兒，終於選定了一種，王太太拿起來看了看，又丟回架上說：

「這種不行，這種色素太多，吃了拉肚子。換一種！」

眾人的眼光全都集中在她母女二人身上，焦急之情佈滿了每個人的臉上，相對於王太太的篤定，倒顯出眾人的涵養不足。二人還在挑挑選選，車上的小孩已然亂成一團。司機的臉色愈來愈難看，突然聽得他暴喝一聲：

「張老師！先上車。」

張老師被這樣的聲色俱厲所懾，身不由己的跳上車。司機臭著臉，上排檔，車子飛快往前衝出。王太太拉著孩子從小店追出時，車子早駛出了約一百公尺遠。只聽得王太太氣急敗壞的嚷著：

「喂！幹嘛呀！怎麼就開走了呢？不是教他等一下的嗎？那有這樣的人，太差勁了嘛！這是什麼服務態度！我們是繳了車費的耶！」

愈說愈生氣，回頭看見小茹愣愣的樣子，一巴掌就劈過去，說：

「都是你啦！拖拖拉拉！好了！這下子可好啦！你自己走路去！還哭！還哭！……」

眾人都小心翼翼地收拾起臉上幸災樂禍的表情。小茹哭得震天價響，王太太發現自己成為眾人注目的焦點後，悻悻然地再次強調：

「只不過等一下下嘛！真是！服務太差了！我們又不是沒繳錢！這種態度？看我等會兒不去告訴他們園長！欺人太甚嘛！……」

——原載民國七十七年九月廿日《中國時報》

娃娃哭著叫媽媽

巷子底的張太太是那種看到小孩兒就眼睛發亮的人，常常看見她抱著左鄰右舍的孩子逗弄著。小孩兒也極喜歡她，說也奇怪，再是難纏的孩子，到她手裡都變得服服貼貼的，也不知她用的什麼法寶。偏是她自個兒的三個孩子全大了，有的外出工作，有的住校讀書，張先生又成天忙著作生意，家裡冷冷清清的，實在悶得慌。

於是，五年多前，在熱心的鄰居輾轉介紹下，她開始幫鎮上的一位年輕醫師帶孩子。孩子是生下來沒多久就被送過來的。張太太使出了渾身解數，把小男生帶得健碩活潑。我傍晚下課回家，常看見她喜孜孜的、無限愛憐的和孩子玩著。最早是推著娃娃車四處走動，接著是追著孩子胖胖的小腿在巷子裡跑過來跑過去，再來就看見她扶著孩子戰戰兢兢的學騎三輪腳踏車，有時則是牽著孩子的手在附近的菜園內辨識著各類青菜。

孩子是幸福的。看著夕陽餘暉下一大一小的背影在田間移動著，我常不自覺的受到感動。

能找到這麼喜歡孩子的人幫忙，真是前世修來的福分。她完全不像一般為了賺錢而帶孩子的娛姆那般但求盡責而已，愛和責任早就攪和不清。小男孩也管她叫媽媽，不知情的人，看到他們彼此那般黏纏的模樣，誰也不會相信男孩子不是她親生的，連她自己的孩子回來，都要為母親的寵溺他人而吃醋不已。

因為診所生意忙碌，事先講好，男孩兒由張太太一手照顧，只在星期六傍晚到星期天晚上之間回去共享天倫之樂。然而，可能因為習慣了這邊的生活，隨著年齡的增長愈來愈有主張的孩子，常常鬧著不肯回診所去。有時勉強被哄回去，卻哭鬧不休，回家的時間也因此愈縮愈短，常常是星期天吃過午飯，孩子的媽媽便打電話來求援。張太太對沒有得到充分的休假非但毫無怨言，其至因為感受到孩子對她的親密而竊自欣喜。

一個星期天的早晨，八點鐘左右，我正準備上市場，看見張太太抱著孩子從巷子口進來。孩子趴在她肩上沉沉的睡著，頰上猶自掛著淚痕。我向她打招呼，順口問：

「怎麼！這麼早就又去接了來！」

張太太又氣憤又心疼地說：

「沒看過這樣的媽媽，孩子鬧著不肯在那邊睡，也沒耐性哄一哄，居然把他打一頓，折騰了一晚，人仰馬翻，一大早打電話來叫我帶回來，沒看過這麼狠心的媽媽。小孩可憐哪！到現在才睡著，可憐啊！這麼小……。」

說完，急急的緊抱著孩子回去。我望著她的背影，不知怎的，心裡隱隱感覺到有些不安。果不其然！過沒多久後的一個傍晚，我把車子開進巷子裡，看見張太太神情萎頓的支頤坐在門前發呆。我倒好車子，四處張望著，沒看到那個小男孩，便問她：「尼尼呢？跑哪兒去了？」

她一聽，眼圈隨即紅了起來，無限傷心的說：

「他們帶回去了，說是孩子大了，準備唸幼稚園了。」

我看她那麼傷痛，知道她用情太深，本想安慰她兩句，一時之間，卻又不知如何措辭。孩子大了，帶回去唸幼稚園，合情又合理，也沒有理由責怪人家的無情。我於是避重就輕的安慰道：

「孩子長大了，終歸要帶回去唸書的。不過，幸好尼尼住得不遠，有空可以常去看看他。」

「我也知道這是沒有辦法的事，可就是想不開呀！每天跟前跟後的人突然不見了，想起來就捨不得。我上回跟他媽媽說，這種梅雨季節，尼尼最怕打雷，不知道她記住了沒？今天下午打了幾個響雷，不曉得有沒有嚇著孩子！還有吃飯的時候，尼尼喜歡帶個孫小毛一起……。」

她擔心的叨唸著，我不覺啞然失笑，提醒她：

「欸！你不要忘了，人家是尼尼的親媽媽耶！這些事，她自會操心的，你儘管放心吧！」她聽了後，愣了一下，很不以為然的走了開去，我才自悔失言。

大約兩個星期後的一個傍晚，我帶女兒下樓散步，看見幾個鄰居太太正圍著張太太說話。張太太的眼睛腫得像核桃似的，一把眼淚，一把鼻涕的說：

「……再怎麼說，帶了四年多，沒有功勞，也有苦勞。就這麼狠心，不讓我去看尼尼。孩子聽到我的聲音，在樓上拚命哭，拚命叫媽媽，就是不肯讓他下來，還叫我以後不要再去看小孩，說是每次我一去，孩子就又鬧上半天。那有這樣的！哦！說斷就斷？到底我養了他四年多，就這樣一筆勾銷？實在太過分了，我要告他們啦！……」說著，眼淚又成串成串的掉下來。當初幫她介紹的王太太在一旁解釋著：

「其實是這樣的啦！尼尼回去以後，成天哭鬧著要回來。張太太每次去看他，他就黏著不放，張太太要走時，他就呼天搶地的哭著叫媽媽，生離死別一樣，強行拉開後，免不了又大哭大鬧一場，攪得全家不得安寧。王醫師請張太太不要去得太頻繁，讓孩子多適應一下那邊的生活。張太太忍不住，過幾天又去瞧一眼，好不容易才安定些的尼尼，又故態復萌，至少連續好幾天站在陽台上，往外哭喊著媽媽。王太太氣得不得了。不得已，才決定長痛不如短痛，請張太太諒解，稍稍忍耐一下，暫時不要去看尼尼。說來當然是太難為張太太，可是，這樣長久大人哭、小孩叫的，總不是辦法，大家總要互相體諒嘛！對不對？」

張太太一旁聽了，幾近負氣的說：

「不管怎麼樣，總不能這樣絕情，當初找我帶時，好說歹說，現在說斷就斷，說不過去嘛？這簡直是欺騙人家的感情嘛！……」

其他的太太們七嘴八舌的勸著，不外是：

「想開一點嘛！畢竟是別人的骨肉。」

「是啊！你也將心比心嘛！替王太太想想，她也可憐，自己的孩子當面喊別人媽媽，黏別人，跟別人比較親，心裡總不是滋味嘛！」

「可是，的確也是真難啦！帶了那麼久，總是有感情的，這家也做得太絕了。……」張太太這時已平靜了些，埋怨的說：

「其實我也不是不知道他們的難處，可是，我……我就是忍不住嘛！我太想他了嘛……」

這是新型社會結構的三角習題，甭說是我這種數學常不及格的人不會解，恐怕是神仙也乏術了。

其後，有許久，張家的大門都緊掩著，我下班時，看不到尼尼活潑的身影，也不免有些惆悵。偶爾也還陸續聽到鄰居提起，張太太被王醫師擋駕後，如何癡想成疾，張先生如何為王家的無情激憤著，張太太如何打聽到尼尼上音樂班的時間，如何在大雨滂沱中，抱病站到街角偷偷看一眼尼尼……。這些癡心的舉動在眾人的喟歎聲裡，深深撞擊著我。

大約半年後的一個星期六下午，我從外頭回來，意外的看見張太太手上又抱了個小孩在門口逗弄著。我笑著問她：

「又帶一個了？」

「才不是哪！是後面巷子陳太太有事，臨時請我幫忙看一下，我才不再幫人家帶小孩了。這個教訓太慘痛了，白疼了一場，差點兒連命都賠上，我已經跟我先生發過誓了，再也不惹麻煩了。」

我仔細的看了看，神情悽惻，人瘦了一大圈，一下子好像老了許多。

過了三個月左右，我又連續好些天看見她喜孜孜的抱著個女娃兒在巷子裡走來走去的。有一天我忍不住好奇的問她：

「你不是說不再……」

她不好意思的搶著回答：

「哎喲！推不掉嘛！我本來是發誓不再幫別人帶孩子了，可是，孩子她媽媽是我嫂子的妹妹，自己親戚，推都推不掉。為了這事，還被我先生罵了一頓。……」

她隨即又自我安慰似的說：

「不過，這次我不會再那麼傻了！絕對不像上次那樣，我有分寸了，才不那麼疼她。別人的孩子再用心也是白搭。何況這回情況也不同了，自己親戚嘛！不會像上次那樣，他們保證就算孩子將來帶回去上學，也不會不讓我們去看的。這是先訂好的條件。」

說著，她又疼又憐的把孩子湊到我前面來說：

「你看！孩子多可愛！嘖……你瞧小嘴嘟得多可愛呀，怎麼拒絕得了……」

一邊說，還一邊親個沒完，我癡立當地，啼笑皆非。怕的是，一則新的三角習題又在不知不覺中逐漸醞釀形成了。

——原載民國七十七年三月廿八日《中國時報》

小孩與車票

婦人上車時，我正閉目凝神。只聽得一個氣急敗壞的聲音四下指揮著孩子落座：

「國豪坐這兒，你坐那邊，小鈞坐好……叫你坐那兒就坐那兒，不要動。」

我感覺到身邊似乎有個人遲疑著，坐下又站起。我睜開眼，看到一個約莫十歲模樣的女孩兒正怯怯地望向走道另一邊座位上的婦人。婦人把背上的嬰兒卸下後，探身看了看前座另一位八、九歲左右的男孩，回過頭，瞥見我隔鄰這位小孩憂心的半坐半起，罩頭一巴掌打下來，怒斥：

「叫你坐下就坐下！怕什麼！人家會吃掉你呀！」

我很敏感地對號入座，直認為她說的「人家」便是指我，於是，換上藹然的笑容附和著：

「是呀！別怕！坐下吧！」

女孩兒終於坐下。婦人似乎並不領情，招呼沒打一聲，兀自手忙腳亂地放著行李，整理衣裙，並不時大聲地喝斥身旁的兩名小娃兒。

快到苗栗站了。婦人突然不放心的探頭過來，叮嚀孩子：

「待會兒有人來查票時，你不要看我這邊，知道嗎？」

小孩子又開始緊張起來，查票員出現在車廂中時，女孩兒幾度起身想要離座，都被女人壓低的嚴厲聲音喝止。

查票員終於來到。我遞過車票，再取回。查票員看看女孩兒，再朝我說：

「這個小孩子要買票哦！」

我知道他弄錯了，正要告訴他。女孩兒囁嚅地朝女人說：

「媽！……」

女人恨恨地白了她一眼，朝查票員笑著說：

「要嗎？這麼小的小孩要買票嗎？我們以前坐都不用買票的哩。」

查票員反應靈敏的接口：

「多久以前？如果是三年前大概是不用買的啦！」

說完，轉過臉問女孩兒：

「小妹妹今年幾年級？」

女孩兒怯怯地說：

「三年級。」

「三年級了，當然要買票，上一年級就開始要買了。」

女人正邊嘀咕著，邊不情願地在口袋裡掏錢。坐在前座，已然安全通過檢查的男孩兒突然轉過身子，抬起頭，天真的插嘴：

「那我也要買票囉，我已經上二年級了耶。」

坐在附近的乘客一聽，不覺全笑開了。女人恨恨地用手指戳男孩兒的前額說：

「閉上你的嘴！」

男孩兒用手撫著前額，猶自不服氣的嘟著嘴：

「人家本來就已經二年級了嘛！奇怪哦！」

這回，連嚴肅的查票員也忍俊不住了，倒過來來勸他：

「好了！別再說了，你媽生氣了，下次！下次再買好了。」

——原載民國七十九年八月十五日《中國時報》

生日蛋糕

六合彩把他搞慘了。房子抵押掉了，還償不清組頭的催債。親朋好友能借的全借光了，大夥兒看到他都紛紛走避，太太也氣得離家出走，生活過得狼狽不堪，他坐在斗室裡長吁短歎。今早，催孩子上學時，兩個唸國中的孩子在屋裡細聲的說著話。他無意中聽到兒子對女兒說：

「爸爸好可憐，都沒有人買蛋糕給他。」

他愣一下，翻了翻日曆，才發現今天原來是自己的生日。日子都過不了，還過什麼生日！然而，對這樣一句話，仍無法避免的感覺到悲哀。

晚上，隔壁的老張和車行的老李不約而同來催債。他在客廳裡陪著笑臉推拖，同樣的話反反覆覆地，要債的二人都不耐煩了，虎著臉，最難聽的話都出來了。他也變了臉，索性一聲不吭的杵在那兒，由他們說去。最後，兩個人說著說著，也無趣的閉了嘴。難堪的靜寂時刻，大門忽然開了，女兒和兒子補習回來了。兒子手上托了個巴掌大的小蛋糕，看到客廳裡三張凝肅的臉，兩個孩子怯怯地走到他跟前恭敬的捧上蛋糕，小聲地朝他說：

「祝爸爸生日快樂！」

他眼淚一下子湧了上來。老張和老李互望了一眼，老張掛上了不自然的笑容，打哈哈地問：

「怎麼有這麼小的蛋糕！那裡買的？多少錢啊！」

兒子垂著眼，害羞的答：

「我們找了好久，跑了好遠才找到。我跟姐姐從晚餐裡省下廿五元，大蛋糕我們買不起。」

要債的二人尷尬的起身告辭。姐弟二人拿出叉子，熱切地催促他吃，他拿起叉子，在蛋糕上切過來劃過去，喉頭哽咽，一口也吃不下，眼淚潸潸掉了一臉。

——原載民國七十八年十月八日《中國時報》

對照卷

當女兒展翅高飛

在聯考陰影下，一路跌跌撞撞、挫折連連的女兒，決定收拾行囊，負笈異域！一向體貼、多情的她，下了這樣的決心後，意外地，沒有纏綿的不捨，只篤定的一意向前；倒是我，一連失眠了好些天！做母親的心情掙扎：放與不放，糾纏反覆！像放風箏時的複雜。

然而，到底還是不得不放！鬆手的剎那，我期許自己在女兒展翅高飛之時，成為她源源不絕的加油站！讓遠在異域的她，不管是憂傷或快樂，都能得到最快速的分擔和分享，而拜現代電子科技之賜，我的心願果然在e-mail的往返中，得到實現。

這一輯內的書信，分別發表於一九九九年五月至十一月的《中華日報》優質家庭版的「親情E-mail」專欄。

寂寞的日子

含文愛女：

爸爸今早搭乘亞航班機赴日，和雷驤伯伯、華仁叔叔及王峻叔叔展開為期十五天的旅行。一向的長途旅行，我們都舉家同行，如今，妳獨自負笈海外，哥哥忙著課業，我亦脫不開身，爸爸只能自己上路！昨夜，兩人一晚輾轉反側，不能成眠。我失眠成習，倒也無妨，其實有些擔心爸爸的血壓偏高，不知能否負荷長途旅行！今早有課，也無法送他去機場，只送至台汽客運，讓他和王峻叔叔一起搭公路局車子前往機場。當車子徐徐離開車站時，不知怎的，我的心情竟有幾分淒涼哪！

昨夜，又得知外婆身體微恙，心情頓時陷入低潮，生老病死真糾纏人！所以，我們必須好好把握能把握的時間，不要讓它虛度了！當然，身體的健康，更是重要。妳要我幫忙投遞的信，今天已經收到了。只是沒有昭瑤的地址，如何投遞？妳當我是超級星期天裡專門負責超級任務的卜學亮嗎？其他寄給國中及高中兩位導師的信，我會設法郵寄的，請放心。另外，前幾天，妳的死黨林怡安曾打電話來問妳的地址，好像要和妳聯絡的樣子，爸爸已經將妳在美地址給她，妳或者也可以想法主動和她聯絡、聯絡。年輕時候能多交往一些真心相待的朋友，並時常聯繫，在將來的人生行道上，必定比較不會孤獨！

屋子變得空洞洞的。從今天起，我將有十五天寂寞的日子，如果哥哥住校再不回來，我恐怕會殺將過去，讓他大吃一驚！昨日，漫琴表姊已將我們為妳準備的東西帶走，其中有給表姊家人的七份聖誕禮物，費了我們很大的心思，可是，還是不知道是否合用？妳爸和我把整個西門町都逛遍了，結論是：我們對年輕人真是缺乏瞭解呀！當然！還有你的東西：包括一件冬天的外套、一條長牛仔背心裙，及新購置的牛仔褲一條、毛衣一件，原先想請她帶的粉紅大衣則因過重，不好麻煩她，只好等我們寒假過去時再帶給你囉！你若另有其他需要，隨時以 e-mail 告訴我，我去美時，會準備了帶去。

你不要太寄望寒假的旅行，最重要還是努力用功！去除懶洋洋的生活態度，ok？啊！每次都這樣說，有些婆婆媽媽哪！沒辦法！不婆婆媽媽，怎做婆婆媽媽！是吧？

寂寞的媽媽上　一九九八年十二月九日下午4：45

直到山窮水盡

親愛的含文：

自從由美國倦遊歸來，似乎一直沒有完整的時間，坐下來好好給妳寫一封信。一來是情緒起起伏伏，一時之間，好似難以平復，也忙著和親朋好友分享旅遊的見聞；一來是外婆的身體違和，急著帶她四處求醫。而新年的氣氛似乎就在這嘈雜紛擾中，逐漸淡去。

前一陣子，是元宵節例行的燈會。依舊是高掛的麥克風，喧囂而粗鄙的吆喝，我坐在書房裡，日夜接受噪音的荼毒，簡直要崩潰！聽說今年經濟不景氣，大大影響到贊助廠商的經費，愛國東路上的大型燈飾，因之變得簡陋粗糙！我黃昏帶著生病的外婆去散步，連多瞧一眼的慾望都沒有，這和多年前初見燈會時的驚豔，可謂不可同日而語！尤其是杭州南路上的所謂「美食街」，簡直成了攤販集中地。一點美感經驗都沒有的燈節，如果只成了一種例行公事，我不知道它是否還有存在的必要？不過，換另一種角度思考，儘管如此無趣而缺少文化氣息的展示，依舊吸引了成千上萬的觀眾，顯見台北人，多麼嚮往熱鬧紛華！是不是我們太缺乏類似的嘉年華會，讓大夥兒有機會聚在一起，共同享受生命中的各種滋味？這不由得讓我回想起這次美國之行中在邁阿密小鎮上的一場 art show，雖然也明顯嗅到充斥其間的商業氣息，但展出的作品，花樣繁多，大部分的攤位都可明顯見出他們強烈的個性及獨具的匠心，非常有看頭！妳在美國讀書，拿不拿學位不是那麼重要，重要的是多走走、多看看，若有類似的活動，千萬別錯過！

一連看到你兩封 e-mail，一封問外婆生日，一封回說接到照片，都再三保證 study very hard，媽媽看了好高興！儘管所有人都指責媽媽教女兒態度太寬鬆，應該多給一些壓力，但是，媽媽始終因為信任女兒，知道妳只是未到節骨眼，時機一到，終究有一天會大展神威的。在時機未到前，我只有等待。所以，此次考試若能順利通過，當然最好，如果慘遭滑鐵盧，也不要太灰心！再繼續努力就好。我和爸爸會支持妳到山窮水盡才罷休的，誰叫我們是妳的父母呢？慘啊！

妳知道什麼是「可憐天下父母心」嗎？就是指的我和妳爸這種痴心的父母呀！祝
幸運過關

日夜胡亂向基督和菩薩撒嬌祈福的媽媽上
一九九九年三月八日早上10：47

爸媽最深的繫念

親愛的乖女兒：

早上，本想給妳寫一封 e-mail，到學校後，接待一位新來兼課的老師，花了一些時間，正打開電腦，隔壁的丁阿姨，又來敲門，說要去探望王夢鷗老師，我因許久未去，所以，匆匆收拾了電腦，又趕快前往，直到此地下午二：三十才回到研究室來打這封信。讓妳久等了。

妳遠在異地，每一通電話，都嚴重影響妳爸和我的情緒，擔心這，擔心那，每每掛下電話，才又想起有些忘了叮嚀，或叮嚀的不夠嚴重，怕妳疏忽。後來想想，不禁失笑！對兒女的叮嚀，原是永遠沒完沒了的呀！

這次，妳匆忙換學校，我們無法預知是對的，還是錯誤的決定，要等待日後的結果。我們當然期待，因為妳的努力，使所有的改變，都因此朝正面方向發展。陶阿姨和周阿姨都是非常努力的人，也是媽媽年輕時的摯友。未結婚前的時光，我們一起度過，住在一起租來的小屋

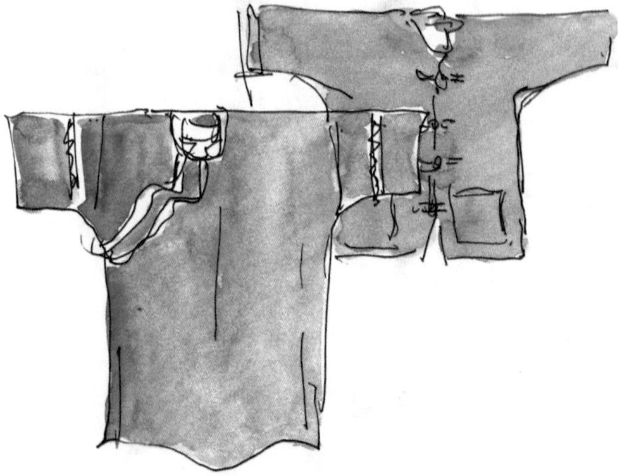

裡，背著房屋的管理人，吃火鍋、煮綠豆湯，戀愛談得昏天暗地時，是她們陪著熬過。多年過去，雖無多少聯絡，卻仍熱情洋溢，我希望我的女兒能將最好的教養和努力，展示出來，讓她們覺得故人之女，值得她們花費心思和時間，不管妳的能力如何，盡力都很重要。爸媽一向都以這樣的標準來評估兒女的，妳應該知道。

妳住到周阿姨家，仍然要叮嚀妳，注意生活的秩序，不要太隨性，像住自己家一樣的混亂或懶洋洋的，千萬至少要維持到爸媽去的時候，不要把周阿姨搞瘋掉！另外，前房東方姊姊處，也要維持禮節。妳匆匆決定搬離，方姊姊不高興，是可以理解的。她以房租來幫助家計，突然發生這樣的變故，當然不高興！妳要將心比心才好。妳的電話壞了，可能是巧合，未必是她的緣故，電腦壞了，也可能是妳無意間摔了什麼的。凡事往好的方向想，對人對己都好，妳以為呢？妳將電腦帶去陶阿姨家，請唐叔叔幫忙看看，能不能幫忙修修？事情發生了，與其追究原因，不如趕緊想法解決。

妳的一舉一動，都牽動著我們的心。妳爸和我，閒下來時，常常在想，互相討論，讓妳出國去闖一闖，到底是對？還是錯？作父母的我們，總放不下心。所以，如果妳在海外發生了什麼糟糕的事，我們一定會無限懊惱，並且自責不已。妳一向乖巧聽話，非常孝順，我們一直引以為傲，現在遠赴異鄉，如果要談孝順，就是潔身自愛、讓父母放心囉！聽說妳聖誕前，曾去參加party，玩到幾乎忘了回家，這真是讓我們大吃一驚哪！妳在國內，甚少參加類似的活動，到海外，自然因眼界大開而高興，但仍應適度才好！不可忘記分寸。若喝了些雞尾酒，因此發生事故，爸媽都會痛斷肝腸的！妳要常常記在心上，女兒的平安，永遠是爸媽最深的繫念。妳年輕單純，不知人間險惡，太相信人，是很危險的。凡事多請教長輩，別自作主張才好。祝

一切順利

媽媽上　一九九九年三月十三日下午3：25

用多情的雙眼看待人生

寶貝女兒：

接到妳報佳音的電話，爸爸媽媽都喜不自勝，昨日，我將好消息告訴外婆時，外婆也高興得連連說：「實在極歡喜咧！」儘管通過的托福成績只是低飛過關，未來還有一段艱辛的日子要走，但是，總是一個讓人振奮的開始！妳讀的是高職，英文程度本來就比較差，能有這樣的表現，顯見真的有努力過，爸媽隔海給你最熱烈的掌聲！除了妳個人的努力外，房東許伯伯、許媽媽給妳一個溫暖的家，周阿姨、陶阿姨兩家人對妳的照應及督促都是功不可沒，應該心存感激。

往後的日子，不止於專攻語文，生活勢必更形忙碌，妳得作好心理準備！美式教育有其開放處，讓學生有更多的選擇；但也很注重主動性，不像國內的教育像填鴨子似的，由老師或學校將課程規劃得好好的，學生一些也不必花腦筋去思考。習於被規劃的台灣學子可能得先學會自己動動腦，來面對選擇！

前些天，將外婆送回台中，經過醫生細心診治及重重醫療儀器檢驗結果，證實外婆在我們赴美期間，罹患輕微腦中風。剛回台灣時，我們都被嚇壞了！外婆非但形容憔悴，而且語焉不詳，精神狀況尤其不好，步履顛躓，歪歪倒倒，變得寡言少語，簡直是我們不認識的外婆。大夥兒都說她是因為思念她的小女兒成疾！我幾乎成了重矢之的！於是，趕緊將她帶回台北，回國之後的寒假期間，便是在醫院、中正紀念堂、附近街道及家裡之間，來回走路。一向最討厭走路的我，為了妳的外婆、我的媽媽，強迫自己每日必定陪她散步一趟！當然！這期間，爸爸對外婆的盡心盡力更是讓我感動，每日必榨新鮮果菜汁給外婆喝，並細心地陪她去醫院就診，點點滴滴，媽媽都記在心上。

人生的課題很多，媽媽希望妳首先學會的是隨時都能看到別人的好處，細細地去體會人情，用最多情的雙眼來看待人生。唯有如此，生活才有潤澤，活得才能快樂。在這一點上，我相信妳應該也頗有體會。前日，爸爸打電話去恭喜妳，剛好妳去周阿姨家，還沒回來。爸爸和房東許媽媽談了一會兒，媽媽在另一支電話上聽到她稱讚妳：「很乖！嘴巴很甜！很討人喜歡。」媽媽在電話這頭，高興得眼睛都熱起來！一整天不停地在心裡反芻著與有榮焉的快樂。

我相信，許媽媽之所以會這樣說，想來也是因為妳履踐了前頭我所說的體會人情、正面詮釋人生的這樣一個信念吧！

學校的課程已進入第四週，加退選截止。有許多學生用 e-mail 傳遞他們沒選到我的散文課的遺憾和抱怨，讓我覺得很抱歉！然而，一班七十人，確實已達飽和，我縱有再多的婦人之仁，也無法一一達成他們的心願，只好請他們下學期再試試囉！看來，我也必須再多加油，以更充實的內容來報答學生的厚愛啦！妳知道媽媽告訴妳這件事的用意吧！無非向女兒炫耀一下受歡迎的程度啦！啊！不小心被發現了，真的有一些些厚臉皮哦！祝再接再厲！

高興得合不攏嘴巴的媽媽上　一九九九年三月十六日下午3：20

歡迎失去理性的阿諛

親愛的乖女兒：

電話裡，聽到妳說：「每次看媽媽寄來的 e-mail 都忍不住流淚，卻又精神百倍。」掛下電話後，媽媽不禁也落淚了。孩子！因為太激動，我不記得曾否在電話裡和妳說過，事實上，不管是妳的信或是電話，也總是給我帶來許多的快慰。無論是生活的低潮或情緒高亢的時刻，我總忍不住撥起妳的電話號碼或提起筆對妳傾訴一番，女兒的聲音，已成為我單調生活中最大的享受！

上星期，我的新書《沒大沒小》印出，從四月起，即將正式上市。昨日，我拿到書，又重看了一次，仍不禁哈哈大笑了好幾回，笑聲中隱約藏著不為人知的寂寞和感傷。這本書記載著我們家庭的種種，雖已是過往，卻清晰一如昨日！所有的事都不可能重新來過，也正因為如此，重溫青少女時期的妳：天真、體貼和幾分的尷尬，讓媽媽覺得格外幸運和幸福，當然，因為妳們兄妹二人提前離家，我安慰的心情之中，不免還夾雜著幾分的惆悵。這種屬於中年父母的心情，不知年輕的妳，能否真切體會？

為了讓妳能早些看到新書，今早，爸爸和我急急趕赴郵局，寄了四本過去，除了給妳的之外，還請妳分別轉送辛勤督促女兒的陶阿姨、周阿姨及許媽媽。看完後，請寫些讀後心得吧！最歡迎失去理性的阿諛，其次是感性的讚美，再次才是理性的批評建議，最不喜歡聽到缺乏人情味的實話。這樣說，妳應該知道如何趨吉避凶了吧？另外，九歌為我安排在四月二十三日下午於誠品站前店（即火車站前的大亞百貨裡），舉行一場簽名會，我怕到時候沒人來，可糗大了！

清明節將屆，為了怕下星期春假期間人車擁擠，前天，爸爸已提前回台中掃墓去，我因為上星期才回去過，加上也有一場佛光衛視台的節目錄影，不得隨行，度過了一個非常無味的星期天。人說：「少年夫妻老來伴。」我開始慢慢感覺到了。上星期回清水，見到阿嬤精神抖擻、談笑風生，和前一陣子的委頓，大是不同，爸和我都好高興！這完全得歸功於叔叔和嬸嬸的照顧。這些年，我們羈旅外地，雖在物質上，讓阿嬤不虞匱乏，但沒能晨昏定省，到底談不上孝順。幸而有叔叔嬸嬸多擔待，因此，如果你爸和我在事業上有一點小小成績，我們都心存感激——感謝叔叔、嬸嬸讓我們無後顧之憂！我們回去時，嬸嬸高興地拿出你寫給堂妹、堂弟的信，媽媽看了也很感動！聽說依潔、依廷、尚廷正在苦心構思回信當中，我看，妳得耐心等待囉！據我的觀察，他們拿筆似乎比拿鋤頭還重哪！哈！

媽媽上　一九九九年三月三十日下午3：25

春假怎麼過？

文妞：

已接獲妳五月二十九號即將返台的 e-mail，心裡充滿了期待。妳搭半夜的飛機，是否有人可以送妳？或者有可靠的收費送機專車？就像上回一樣？反正時間還早，可慢慢打聽安排，一切以安全為主要考量。

春假剛過，心情有些難以適應，正所謂「放假症候群」也。這個春假，對我而言，前後共十二天。十二天當中，有四次電視錄影（為佛光衛視台）、三場演講（分別到彰化基督醫院、國泰人壽及淡水文化國小），接受一次專訪，分別和大學同學聚餐兩次，參加高中老師陳華傑爺爺的書畫展（參觀之外，也幫忙布置會場），另外，主動安排了一次爸爸畫友們的聚餐，整個假期過得可謂「多姿多彩」。

有趣的是，畫友的聚會，大家竟都以為是因為我過生日，所以，雷伯伯還帶來一個大蛋糕。為了這個蛋糕，雷伯伯還跑進人家蛋糕店的廚房，將做好的蛋糕花樣剷除，自行另外在上頭畫上一個頭上插滿玫瑰的女人頭！店裡的伙計，一定要他先付錢，才肯讓他進去瞎搞！這回，我們選在金山南路上的銀翼餐廳。餐廳的老闆不老實，引誘我們吃一桌六千元的合菜，每一盤菜都有一個臉盆般大小，足足上了十道左右，撐得大夥兒東倒西歪，其中，也有雷伯伯的拿手煨麵。最後，當大家吃得都快瘋掉時，突然又上來一個水缸大小的雞湯，正當我們面面相覷，不知如何是好之際，老闆還有臉過來問：

「菜還夠吃嗎？」

後來，大家談起，都有志一同地有一種衝動：將那鍋雞湯倒在他身上！

哥哥的春假過得很異類。聽說宜蘭的王公廟正開始要大興土木，雷伯伯建議他去攝影，留下紀念。於是，聚餐次日，他便開車隨惠涼阿姨回宜蘭，本來預定當天來回，豈知一到宜蘭，又得知星期天當地有一個精彩的宗教嘉年華會。於是，他便從星期五一直待到星期天。他打聽「過火」的儀式將在星期天的下午二時三十分舉行，沒想到，當他在兩點到達時，儀式早在一點便舉行過了！害他好沮喪！所以，凡事多預留些空間和時間是必須的，否則便要白忙一場了。這是他這個春假學到的最重要的東西！

到文化國小演講那天，正是星期六，原先準備開車前往，沒想到哥哥的車子沒回來！只好臨時去搭淡水捷運線。爸爸亦同行，我們在捷運車站分手，他去畫畫，我則請學校的訓導主任來接人！演講完畢，細心的主任，還特意到隔壁的阿給老店，買了正宗老牌的「阿給」（還記得你曾經讚不絕口的油豆腐包粉絲嗎？）和魚丸湯各兩包。我和爸約了在捷運站會合，本來還想不出去吃甚麼午餐，阿給的出現，正好解決了我們的民生問題！兩人便先在捷運站旁找了個石椅坐下，解決午餐，再到露天咖啡屋喝咖啡。邊吃阿給時，我們邊思念愛吃阿給的女兒，兩個老人家便這樣提前過著老人的回憶生活啦！好可憐哦！

妳的春假呢？怎麼過的呀？上回電話中聽說妳原訂的露營泡湯，是不是專心向學呀？語文進步了嗎？真希望接到妳比較長一些的信哪！

媽媽上　一九九九年四月十三日下午4：00

掛蚊帳的復古風

Wendy：

近日內，妳或者會收到《讀者文摘》的一位編輯的 e-mail，因為他們想轉載〈網路家庭情趣多〉，要證實一下，我所言是否屬實？我們是否常用 e-mail 聯絡？妳接到時，別嚇了一跳才好？總之，老實說即可。

昨日回家，發現老爸去買了三床蚊帳，正努力掛將起來，白色的，挺好玩的。昨夜睡了一個難得的好覺，一夜到天明，不必起來打蚊子。妳五月回台，將可像皇后一般，睡進掛著羅帳的舒適的床上！我只是覺得奇怪！科技如此發達，人類卻對小小的一隻蚊子束手無策！國家也不管我們這些小老百姓的死活，任憑蚊子欺負我們！我們只好自求多福了！前些年，第一回聽到賴杏春阿姨提議掛蚊帳睡覺，我還笑得差點兒在地上打滾。沒想到，這還真是最一勞永逸的作法！顯見有些復古的玩意兒，還真管用哪！

上個星期幾乎忙瘋了！演講多、應酬多！哥哥又來湊熱鬧。就在我累得即將倒下之際，又在中正橋上發生車禍。幸而，女友正娓和他都無大礙，只是車子全毀！被一輛沒保持安全距離的小轎車從後方撞個正著！只是，我和爸都被嚇得魂飛魄散！也顧不得累，一個趕往三總急診部，一個趕往事故現場。肇事者是位小學女老師，旁邊載一位小朋友，據警察研判，事故發生之時，她可能正和孩子說著話。這事故的發生，倒提醒我，不大放心妳去學開車呢！

妳的學業如何呀？倒很少聽妳提起，每回電話或信裡，都只聽妳談回家或學開車等，可別忘了正經事啊！妳何時回家？請早些做決定，我聽妳的口氣，居然連回來兩個星期都嫌長！哇！看來女兒是樂不思蜀囉！這星期五下午，是我的新書簽名會！五月二日，媽媽去年出版的《嫵媚》一書，將會得到中興文藝獎的殊榮。雖無獎金，到底也是項難得的榮譽，妳替我鼓鼓掌吧！這本書的內容在《中國時報・人間副刊》刊載期間，媽媽的焦慮，妳是親眼看到的。寫作的辛苦，一般人很難體會，當然作品完成後的喜悅，也是非比尋常的。很多記者常在訪問中問及我自己最喜歡的作品是哪一本？這如何回答！就好像問一位媽媽，比較喜歡哪一個小孩一樣，真是個愚蠢的問題。孩子再醜，也是自己懷胎十月所生，作品亦復如此，再差勁，也是絞盡腦汁的結果。

我在信件中，鉅細靡遺地向妳報導家裡的近況，無非是讓妳和這個家保持最密切的聯繫，好像從未離開過一般，你不會嫌媽媽太囉唆吧？

囉唆的媽媽上

一九九九年四月十九日下午4：00

還記得外公嗎？

Dear 含文：

上星期，世新舉行期中考，我幾乎被成堆的考卷淹沒！想到學生可能急於知道成績，便沒日沒夜地批改。眼睛差點兒「脫窗」，脖歪眼斜，真是慘絕人寰。好不容易改完了考卷，接著來的，又是成堆的作文，民不聊生呀！

車子學得如何？很難哦！從電話裡，可以聽出妳已經被折騰得很慘的樣子。這不由得讓我想起當年外公學開車的情形：外公開始學開車時，已年過六十，手腳沒年輕人俐落。但他不服輸，卯足了勁兒地練習。把圓板凳扳倒下來當駕駛盤，左一圈、右一轉的，堪稱夙夜匪懈。不但如此，怕教練嫌他手腳不靈光，成天想法子巴結教練。把晚輩拿來孝敬他的巧克力、蛋糕、魚肝油、維他命……悉數轉送出去。筆試一考就過，他雖得意，倒還知道謙虛；路試居然也一次OK，這下子可跩得二五八萬了！逢人就問：「你考幾次才過？」如果讓他遇到兩次以上才通過的，他便毫不客氣地奚落他：「啊！你還不如我這老頭子！這麼簡單的事，也要考好幾次！啊！太差勁了嘛！」思及往事，仍不禁莞爾。想起來，時間也過得真快！外公過世都已八年有餘了！猶記十餘年前，他老喜歡和他最鍾愛的孫女兒玩躲避的遊戲：用棉被遮蓋著妳小小的身軀，惡作劇地笑著朝家人說說：「含文不在家，含文去上學囉！你們別來找她哦！」而我，到如今，恍惚間，還會隱約聽到妳躲在棉被裡咯咯發笑的聲音哪！

前天，雷伯伯和 Amy 阿姨請我們（外婆及爸爸、我）去藝術館觀賞一齣歌劇「和春天有約」，全長三個鐘頭，散場時，屁股幾乎都黏在椅子上，起不來！出來後，我們請她們（包括光夏姊姊）去復興南路稀飯街吃宵夜，一回到家，外婆倒頭就睡，一直到天亮，可真把她累壞

了！不過，這可真是治療失眠的良方啊！

這些天，爸爸將作品掃描印出好多張，我將那些畫拿到學校，就在研究室門口張貼起來，像是一個小型的畫展，路過的人，都嘖嘖稱讚哪！昨晚，我陪外婆去散步，為表達慢跑比散步對治病更加有效，我示範了一小段慢跑，從工作室跑到家門口，結果一晚上肌肉酸痛，輾轉反側，早晨起床，還被妳老爸譏笑一番！今天，成天精神不濟，有些語無倫次，請妳多擔待啦！

祝

駕照趕快拿到手！

媽媽上　一九九九年四月二十七日下午3：12

妳會紅哦！

含文妞：

知道妳七月底才回，一則以喜，一則以憂。喜的是，可能可以跟女兒多聚幾天，憂的是，又要多思念兩個月才能見到寶貝女兒。啊！有些受不了哪！

前天回台中，去領中興文藝獎。臨時被抓上去，代表得獎人致詞。高興的是，巧遇名攝影家柯錫杰和他舞蹈家的太太樊潔兮女士（樊小姐得舞蹈類獎項）。因為，家裡三個人（爸、哥和我）前一陣子才同時看了柯先生寫的自傳〈宇宙遊子〉，都很喜歡，對他一生任性而傳奇的故事，感到有趣而敬佩。沒想到他主動來和我打招呼，說喜歡我的作品，這大約就是所謂的「惺惺相惜」吧！他說有空可帶哥哥去玩，含識聽了，差點兒興奮得瘋了！他近日正在修習攝影課程，有機會親炙大師的風采，當然樂不可支！

最近仍是一個「忙」字！許多的大學文學獎，都同時開始評審，加上世新國文課及散文課的作文，啊！啊！我死了！順便告訴妳一個好消息！今天我到來來飯店參加五四文學聚會時，聽九歌的蔡文甫說，我的《沒大沒小》賣得相當不錯，光金石堂就熱賣一千多本，可能會上排行榜！排行榜與否，我其實並不是太在意，高興的是，有多一些人看到這本書，那麼，我苦心孤詣想傳達的「快樂的家庭」理念，便會有更多人知道。這應該對台灣家庭目前緊張、一觸即發的親子關係有或多或少的幫助吧！而妳這個書中的女主角，將因書本的暢銷而變成家喻戶曉的人物哦！今天我一出現在來來飯店，就有三個以上的人問起妳來，哎！哎！妳會紅哦！

妳的開車技術如何？房東許媽媽回台灣了吧！妳一個人害怕嗎？還習慣嗎？一切以安全為

最重要。門戶要記得檢查！瓦斯、電器用品要格外小心。若有疑問，記得找人幫忙，寂寞時打電話回家也行！總之，一個人出門在外，總要學習獨立！電話裡，聽說妳發燒，真是擔心！天氣變幻莫測，台北也是一樣，出門一定記得多帶件衣服，知道嗎？若真的很不舒服，可向周、陶兩位阿姨求援，別客氣！

聽說從今以後，妳可能找不到有中文系統的電腦來看我寫去的e-mail，妳要我試著用英文寫信。我不得不承認，這對我而言，無異苦刑一樁。何況，如果用英文表達，信只能越寫越短，總是不若用中文那般拿手。所以，我已聰明地找到解決良方，就是將此信先行掃描成圖檔，再以圖檔傳送給你。怎麼樣？老媽夠聰明吧！佩服吧？

聰明的媽媽上　一九九九年五月四日下午3：00

減肥計畫全部崩潰

含文：

母親節一早接到妳越洋的祝福，心裡真是高興！也覺得幸福。

爸爸一早起來拖地、擦桌子，說是給太太的禮物；哥哥黃昏回來（去學校討論報告），帶回一束紅色康乃馨，今年的母親節，真是令人感動！為表謝忱，我出錢請家中的男子，冒雨到東昇陽吃晚餐。一束花一百二十元，拖地光費一些體力，換回一頓飽餐，兩位男士都覺相當划算！妳的部分，只等暑假歸來，再行報答囉！我也遵照妳的叮嚀，打電話向外婆轉達祝福。外婆今年母親節可拉風了！前一晚，小毅哥哥帶她去台中最漂亮的精忠一街露天咖啡屋吃晚餐兼逛街，昨天一早，四姨媽便讓俊榮哥哥載她去台中吃午餐，晚間，二舅舅請她在豐原吃晚飯，今天母親節雖過了，中壢媽咪又會回去陪她，活動一多，她的精神就好起來了！

這些日子來，天氣陰晴不定，每日光看天氣穿衣服，就煞費苦心。不是穿太少，就是熱得脫不下衣服，真氣死了！妳出門在外，得格外小心才好。尤其不要讓自己變得過胖，人胖了問題就多。

順便告訴妳一個不錯的消息：《沒大沒小》果然上了金石堂暢銷書排行榜十五名，出版社很高興，而我一想到版稅可以多拿一些，也「粉」開心哪！最近，幼獅的孫阿姨和貢書瑜阿姨到家裡來，希望我能將〈春天的消息〉、〈殷茹的壓歲錢〉及〈像太陽一樣的笑容〉系列文字，繼續完成出版，作為假期讀物，以延續〈我把作文變簡單了〉的高峰，我又陸續寫了〈曉藍的心事〉及〈淺藍泡沫〉，隨信一起寄給妳看看，請妳多多批評指教囉！

前天到台中的獅子會演講，昨日下完課後，又趕赴台北之音廣播電台接受主持人吳淡如的訪問，談《沒大沒小》，順便打一下廣告，下午又被中原大學接去講一場，回家已精疲力盡，聽說妳打過電話回來，說燴飯製作成功，我的精神為之一振，想到可憐的女兒終於可以吃到最愛吃的燴飯，真是高興！還記得上星期陪爸爸到陽明山畫畫，一路上，還計畫著等妳回來時，如何帶妳一起同行，爸媽不約而同提起要做幾個女兒最愛的飯糰，讓嘴饞的含文吃個夠哪！啊！這樣寵女兒！是否有些可恥？

明天開始，有一場飲食文學學術研討會在國家圖書館展開，星期五晚上，我獲邀在圓山飯店大啖一頓仿造清朝袁枚隨園食單所精心烹調的中式大餐；星期天晚上則是南京東路上的亞都飯店按照畫家莫內食譜所做的印象派晚宴等著我，啊！怎麼辦？減肥計畫全部崩潰了呀！可怕的是，星期六中午，還有一頓桃園鴻禧飯店的午宴，慘囉！今天是怎麼了？從燴飯、飯糰談到法國餐，妳開始流口水了嗎？

聽妳說，學期快結束了！妳有努力準備考試嗎？可別漏氣哦！最近一大早上課，發現學生遲到或曠課的情況嚴重，不禁讓我擔心起妳來，妳可千萬別學會這些壞毛病哦！人一養成壞習慣，將來要改可就難了！生活起居還是得保持良好習慣，將來成功的希望才高些，但願妳將它記在心上。

媽媽上　一九九九年五月二十日早上10：50

作自己的主人

親愛的女兒：

隔了好一陣子沒給妳寫信，今日重新坐到電腦桌前，竟有些不知如何著手的生澀之感。前一陣子，因為妳放假在家，不及去學校看e-mail，所以，我們只能以電話聯絡。但是，我感覺電話固然有其迅速、便捷的優勢，但是仍然有若干幽微的情緒不及表達的缺點。語言和文字終究有它各司其責、無可替代的功用。

前些日子，妳的房東許伯伯和許媽媽回台，我們邀他們到家裡來小坐。兩位老人家對妳相當稱讚，都說妳乖巧甜蜜，生活習性亦佳。原本對妳的整潔與否有些信心不足的我，不但總算放下心來，甚至有些與有榮焉！盼能繼續維持下去。尤其他們回台期間，妳克服寂寞與恐懼，獨自守著空蕩蕩的屋子，自謀衣食，度過堪稱妳人生中難得的經驗，顯見「獨立運動」成功，真讓爸媽又高興、又驕傲！

昨日黃昏，經歷一天疲憊的傳道授業，回到家，看到妳的航空信件，心裡真是百感交集。孩子！妳的懂事乖巧，真是深深撼動了父母的心。我在學校教書，成天和現代的年輕人接觸，固然感染到年輕人的朝氣與活力，但是，他們遲到、遲繳或不繳作業的情況日益嚴重，甚至無視於人際間的尊重與體貼，任憑大哥大的尖銳鈴聲劃破寂靜的課堂！這種種現象，總讓我暗暗感到憂心。這樣的下一代，顯然缺乏責任感，越來越自我，將來成為社會的中堅時，可能謹守分際、勇於擔當嗎？可怕的是，他們對種種的傳統美德固然缺少篤行的意願，卻又提不出新的標竿來加以實踐追求，便任憑懶惰、推卸責任充斥生活當中。而在我對此憂心忡忡之際，接到妳滿紙感恩及反省的文字，不由得再度振奮起來！我的女兒能，別人的兒女又何嘗不能！也許，這群剛剛自大學惡夢中甦醒過來的新生，已經壓抑太久，因之急於追求解放及自由，以至失去了分寸了！而我，身為他們的老師，不就該擔任耳提面命的角色嗎？因為妳的信，我又重拾信心。

親愛的女兒！妳一再地在信中強調父母為妳出國所花費的金錢及精神，其實，為了乖巧的女兒付出，是一件很值得且美妙的事哪！何況，我長年奔走台灣南北演講，籌措妳的學費的作用少，實現自己的理想的意義大。每當看到講台下的聽眾中有人露出深有同感的表情，或上我的網站來表達他們對演講的感謝，我便忘記了辛勞。人生很短暫，每一個人都需尋求生命的意義，我寫作或演講、教書，是做我喜歡做的事。就像妳離家遠赴異邦求學，不也是為了追求自己的前途、作自己的主人嗎！我是很反對將希望寄託在兒女的身上的，將希望寄託在別人身上，對自己無情，對別人殘忍，都是錯誤的！將來妳交男朋友或教養小孩，媽媽都盼望妳能謹記這一點！如此，才能增進情感、減少傷害。當然，我也希望我和妳爸對人生所抱持的這種態度，會使妳的求學生活的壓力減到最低。只要盡力，孩子！我們永遠是妳最堅實的後盾！

愛妳的媽媽上　一九九九年六月九日晚上11：25

航空郵簡的規則

乖女兒：

看到妳畫的美女，畫得真美！相信妳也覺得滿意才對。有空或無聊時，無妨提筆畫一畫，如果畫得不錯也可排遣無聊情緒，心情會好一些。為什麼不用好一些的紙呢？出國前Amy阿姨不是送了妳一本嗎？不要覺得可惜，拿出來用，東西就是要用才有價值。如果用完了，再買就是了。如果在美國買不方便，回來時，爸爸會供應的，別太小氣！還有另外一幅，看起來似乎是風景倒影，妳回來時，爸爸再教妳，如何表現得更好！

另外，為何在航空郵簡中黏附紙張？為何不直接寫在航空紙上？妳不知道航空郵簡是不該黏紙上去的嗎？就是不用信封，才比較便宜的。妳這樣做，遲早被發現，不但會被罰錢，也是不應該的。

妳的來信我們看了都很感動，也很欣慰！車子暫時不考慮購買，等妳正式進了大學，爸媽決定送妳一部，妳放心好了！最近爸爸畫了不少水彩畫，有風景，也有人物，奶奶及媽媽看了，都覺大有進步（雖然奶奶覺得人物裸體畫很色！），爸爸也很受到鼓舞，畫得更帶勁兒！數一數從去年七月退休至今，不到一年，大大小小，共畫了接近兩千張，成績尚可，對未來充滿信心。希望妳跟爸爸一樣有信心，大家彼此互勉！

媽媽上　一九九九年六月十二日

觀念的解放

含文：

接到妳老氣橫秋的英文信，我不禁大笑起來！曾幾何時，我那天真且不諳世事的小女兒，已經開始懂得用人生的大道裡來勸慰母親了！其實，人的情緒，總有高低，這高低起伏的情緒往往宰制了我們的生活。前幾天，我對當今的學子頗有感慨地發了一番議論，其實是因為剛巧看到一連串年輕人的異類現象，上星期五，世新舉行舍我文學獎公開評審，邀請多位文壇前輩來學校，會後，大家都對學生溫文儒雅、彬彬有禮的態度，留下深刻的印象，頻頻稱讚。雖然也有許多外系的學生參與，但是，身為世新教授的我，也不免與有榮焉地驕傲起來！如此說來，真是如妳所說，他們只是受到聯考的荼毒太久的反動，因過度放鬆而導致顯得懶洋洋罷了，真正到節骨眼時，還是有許多良好的品質會適時地展示出來的。

最近，是各項文學獎舉行的旺季。我一連評審了許多大學的散文獎，感受到年輕朋友無可限量的爆發力！許多的作品，都已脫離了校園的框架，直指世事人情，而且有很優秀的表現。不只是題材的多樣性，表現手法上更炫麗多彩。就這一點而言，是比我們當年強上許多！大人們常感慨現代的年輕人，敢秀愛現，喜歡標新立異。不是在衣著上，就是在行為上，尤其性觀念的開放與隨性更讓保守人士大嘆世風日下、人心不古。但是，從另一個角度看，觀念上適度的解放，且運用在適當的地方，如寫作上，題材的新潮與手法的新穎，便會產生令人耳目一新的效用，誰曰不宜！所以說，新的觀念不見得就一定如洪水猛獸，有時，它還可能是推動社會進步的原動力，端視人們如何去詮解、怎樣去篤行了！

我還是一句老話，看到學生傑出的表現，我總不自覺地想起和他們年齡相仿的妳來。媽媽

盼望妳在練習英語之餘，也別荒廢了自己國家的文化。隨時養成記錄的習慣，對文思的培養有莫大的助益。除了學作中國菜之外，也多練習、練習中文表達。到時候，妳的英文有了比較好的基礎，又沒忘記母語，如虎添翼，不管求職或生活，都將更海闊天空！

距離你回國度假還有一個多月，爸爸和我幾乎已迫不及待，進入倒數計時階段了！妳的心情如何？也和我們一樣迫切嗎？不過，還是得定下心，將暑期課程好好上才是！妳看！媽媽真是婆婆媽媽呀！

媽媽上

一九九九年六月十四日早上11：40

奮不顧身的服務

Dear 含文：

今日學校正式開始期末考，早上，走過校園去拿考卷時，看到過往的學生，都口中念念有辭，狀至緊張！神情也顯疲憊，恐是昨晚趕了夜車。這真所謂「平日不燒香，臨時抱佛腳」也！可惜我不大相信「臨陣磨鎗，不亮也光」的說法，看他們一副睡眼惺忪的樣子，怎會有條暢分明的解題能力！

端午佳節前後，台灣大雨不止，幾乎什麼地方都去不了。我們原計畫和爸爸的畫友去宜蘭王峻叔叔家玩，誰知，最近，每到午後，便雷電交加，那種雨勢的澎湃，真讓人膽顫心驚！我們怕北迴公路崎嶇輾轉，若出了狀況，可就不好玩了。這可能就是大人和小孩的區分吧！我們總是想的多、做的少，少年人啥米都不驚，所以常做出嚇死大人的事來！

這些天，爸爸非常用功，履踐了他「一日不畫、一日不食」的決心。水彩、油畫交互出現，每日在書房內孜孜不倦地揮毫，並不時站起身來，對著畫作東瞧瞧、西看看，我坐在他身邊的電腦前，有時不正經地玩著接龍的電腦遊戲，都覺得非常心虛且可恥！不過，夫妻同心，並能常相伴隨，是一件十分幸福的事。我老覺得自己非常幸運，有一個體貼的丈夫，一雙不是太可惡的兒女（哈！），一份不錯的職業，還能兼顧寫作的興趣。人生如此，夫復何求？

外婆仍是老樣子！總不肯服老！端午前，我們回台中去，看她奄奄一息，急忙將她帶回台北調養。早上，爸爸榨果汁給她喝，黃昏我們陪她散步。才稍稍有一點精神，就吵著要包粽子。我只好依她，光是幫她洗粽葉，就洗到腰酸背痛，她又是切豬肉、又是炒配料，又是包粽子、蒸粽子，卻仍顯得精神奕奕，實在不得不佩服她體力的驚人。不過，粽子分發完畢後，大概覺得任務已了，她就又急忙趕回台中，攔都攔不住！後來，我才知道，她一回到台中，又舉行大規模「包粽子活動」，務必讓北、中、南地區所有親戚兒女，都能吃到她包的粽子才放心！說實在的，我對外婆這樣奮不顧身的服務精神，真是有些不諒解！因為，畢竟年紀大了，不堪勞累，每回辛苦過後，總會大病一場。這種情況和妳哥哥的熬夜寫報告、準備考試，其實都是一樣的不聽話！體力過度消耗，在當時也許不覺得如何，後果常常不堪設想。唉！這一老一小，真拿他們沒法子呀！

今天，含識終於結束了讓我們備受煎熬的期末考試及報告。幸而及時結束了！否則，妳爸和我都想一頭撞死算了！晝夜顛倒不說，屋子亂得像狗窩，和他住在一個屋簷下，簡直民不聊生！明日，他將離家去峇里島畢業旅行，感謝上帝！總算讓我們稍稍喘一口氣！

不知誰說的：「兒女是生下來討債的！」信哉此言！

媽媽上 一九九九年六月二十二日下午3：30

感同身受的心碎

親愛的女兒：

這幾天卯足了勁兒改考卷，學生考得真讓人傷心！這本是意料中事，卻還是忍不住傷感。早上第一節的課，都起不來，以至於許多重要的課程，都沒聽到，考卷當然答不出來！今天下午，我到學校繳成績單，學生正在作最後的殊死戰（考最後一堂課），看到我往教務處走，急忙攔道看分數，只見幾家歡樂幾家愁，高分的同學眉開眼笑，沒及格的學生，急得眼眶都紅了。一路追隨，又是解釋，又是哀求。我雖然一向菩薩心腸，卻也莫可奈何！說實在的，每一張不及格的考卷、每一份不及格的分數，我都再三斟酌，唯恐一時失察，讓人家的兒女受到委屈或冤枉！既經再三考量，自然是極謹慎後的決定，豈能因心軟而塗改！何況，每個人都應該為自己的行為負起責任，這不也是教育的目的之一嗎？我期待這一個筋斗能讓他們摔得清醒些！日日委靡不振，怎能期待all pass！我也盼望我的女兒能認清這件事的重要性，人不能依賴別人的仁慈或放水，而必須仰賴自己的堅強和努力！

昨日和今日的電視新聞及報紙，都以大篇幅報導景美女中高二學生在軍史館慘遭姦殺的悲慘事件。媽媽一邊看報導，一邊淚流不止！想到一位乖巧的女孩竟慘遭不幸，真怨恨台灣人心的腐敗！年輕人為遂行自己的獸慾，竟不惜毀屍滅跡，這是社會之恥，也是教育的徹底失敗！每每想到那位督促女兒去軍史館找尋資料的母親悔恨交加的臉孔，便不禁心碎難當。同樣是母親，她的心情，我們是感同身受呀！如今，妳出門在外，尤其得特別注意安全，到哪裡去，盡量不要一個人單獨行動，最好結伴同行！每一位兒女都該體會作父母的心，為父母保重！妳要牢牢記住！

另外，妳來信說感覺耳朵好像有些異樣，又提到在美國看醫生的昂貴，言下之意，是捨不得花錢去看醫生。出門在外，健康最重要，耳朵的事千萬別等閒視之！不管花費多少，該花的錢都不能省，絕對不要再耽擱！很多事常因不當的耽誤而得不償失，得花更大筆的錢來治療，知道嗎？如有必要，請許媽媽或周阿姨幫忙找個好醫師，記住哦！別回到台灣時，變成耳聾的貝多芬才好。

另外，怕妳擔心，爸爸又寄了一些錢過去，本來想等妳回來，再讓妳帶去的！怕妳身上的錢不夠，做人做事都較沒信心！星期二，哥哥搭機去印尼峇里島畢業旅行。妳爸和我，重新度蜜月，晚上決定去看電影。說來很不好意思，竟有一點興奮哪！

媽媽上

一九九九年六月廿三日

切磋琢磨的心情

親愛的女兒：

放假至今已有十餘日，每日晚睡晚起，養成了很壞的習慣。今天一早應邀到政大的「唐代傳奇文藝營」去授課，談志怪小說。昨夜竟然緊張得失眠！倒不是緊張授課的內容，而是早已不習慣早起，怕早上起不來，耽誤了事情！爸爸和哥哥發下了宏願，決定捨命陪君子，陪我去木柵。哥哥去關心一下他們系上辦的新聞營，爸爸到木柵茶園畫畫。

怕一個鬧鐘不可靠，我們總共上了三個。誰知，竟然一個也沒響，集體失靈！幸而我一夜沒睡！否則不堪設想。至於那兩位發下宏願的男子，一位用虛弱的聲音向我抱歉必須爽約；另一位雖經再三撩撥，卻連翻身都不曾。我只好強睜著惺忪睡眼，獨自上路。以此之故，我在開場白中，便對炎炎夏日裡，竟繳費前來聽講的朋友，表示敬佩之意。

上星期，光夏姊姊應邀在誠品敦南店舉行的「數位系統」酒會，唱歌開場。我們一行人在深夜十二時前去捧場，以為那麼晚了，一定場面冷清，孰知，整個誠品被洶湧的人潮包圍，幾乎動彈不得！其後，我們一起到雙聖冰淇淋吃東西，見店內亦人來人往，才知台北越夜越美麗！是有許多夜貓族在夜晚的街頭出沒！

暑假還是不得閒，接二連三的演講不說，各個學校研究所的碩博士論文口試，更是接踵而至。接下這些工作，雖然辛苦，但是，能因此鞭策自己閱讀最新的研究論文，是不使自己落伍的一舉兩得方式。生活中，若不隨時掌握充電機會，怎會有貨色傳授給學生？所以，儘管論文一冊接一冊的，看起來挺辛苦的，（最近眼鏡度數明顯又增加了，原來那副眼鏡，看起來已日漸模糊。）但是，一方面接受新知，一方面思考問題所在，必要時，還能當場向論文寫作者請益，真是一舉數得。每回，我前往口試途中，總想到兩件事：一是王夢鷗教授說的：他從不在口試時為難學生，主張應該在求學過程嚴加督導；一是我自己當年面對口試委員時心中的忐忑。如此一想，我便常以切磋琢磨的心情讓學生多作解說及發揮，而不急於在小疵處求全。我不知道這樣的作法，是否正確？

妳上封 e-mail，我並未收到。可能是前陣子電子信箱故障之故，如果不是太不方便，可否再傳一次？如果不方便就算了！不過，爸媽都很在乎並重視每一封妳寫回來的信的！另外，前幾天妳在電話中提到的駕照問題，到底是怎麼一回事？妳問明白了嗎？可否一併告知？今天，我的網站上，上來一位十七歲的小女生，她和妳一樣，離家出去澳洲讀書，非常體貼乖巧，和妳很像。也許妳願意上去我的網站上看看！

媽媽上　一九九九年七月七日夜12：00

痛斷肝腸的車禍

親愛的女兒：

按下鍵盤的手，從來不曾像這般的遲疑。女兒！不得不告訴妳這個壞消息：妳的陸槐表哥於大前天因車禍過世了！享年三十。一輛轉彎的大卡車將他輾死在豐原的街角！逃逸的司機在目擊者的指認下，被警察循線在太平鄉逮捕！一個原本璀璨的生命，因之畫下可恨的休止符。留下昏厥多次的雙親掛著點滴垂淚，留下悲痛欲絕的妻子哀哀哭泣，留下稚齡的 Jackson 茫然地胡言亂語：「爸爸耳朵流血，去打針。」靈堂上，一張英挺的照片微笑著看著前來弔祭的親戚朋友，聞者莫不傷心流淚！

外婆的血壓因之高升，遠嫁新加坡的薇薇姊姊無論如何趕辦手續，也來不及和親弟弟訣別；帶團到澎湖的唯奕哥哥對著不平靜的海浪徒呼奈何！陸槐哥哥只能寂寞地走了。幸而妳的含識哥哥見義勇為，留在豐原，一邊陪伴獨自在殯儀館守靈的嫂子，一邊聽候大人的差遣，幫點小忙。姨爹、姨媽一向疼含識，小時候，陸槐哥哥也常用腳踏車載含識到處逛，在這節骨眼，含識總算能為他們盡一點心意！我們也以哥哥的作法為榮！親戚的好處不就是在患難時提供奧援嗎！

台灣的交通真令人痛恨！大卡車及連結車的司機尤其惡質！前一陣子，才輾死一位陪同學去考試的已通過雄中甄試的資優生，今天新聞裡，又有一位準大學生慘死輪下。以前在電視機前看類似的新聞，固然覺得喪家可憐，卻不像如今般悲憤痛惡！妳遠在異域，尤其得注意交通安全！所謂「身體髮膚受之父母，不可毀傷。」身體健康就是報答父母、安定親心的最佳良方，知道嗎？

陸槐哥哥的喪禮，可能會等到八月才舉行。到時候妳還能到靈前上一炷香，總算差堪告慰！原本我們計畫在妳回台期間，全家和眾位姨媽一起帶著外婆去印尼的峇里島玩，這下子也就只好取消了。無論如何，還是企盼妳的安全歸來！

媽媽上　一九九九年七月十八日

學習止痛療傷

含文：

從妳哽咽的來電，再度印證女兒的善良多情。此次集集大地震災情之慘重，真是無法言喻。多少家庭為之破碎，尤其看到其中一位一夕間失去父母兄姊而被送到育幼院的小孤女，渾不曉事地在帳棚間嘻笑，卻怎麼也不肯跟老師及同學進有屋頂和牆壁的教室，可見地動山搖在她心裡造成多大的陰影！讓人看了忍不住鼻酸。妳要捐錢濟助，我當然支持！爸媽在台灣也會捐款表達心意。前陣子，電視上打出睡袋不足的情況，爸爸還專程拿了家裡的兩床睡袋及一床毛毯送到市政府去，這時候，正是考驗台灣人的團結時刻！台灣人正學習如何止痛療傷！

今年的教師節不放假，媽媽在學校收到一張特大號教師卡，是世新中文系的學生送的，除卡片外，另外還送了我一個金質胸針，很漂亮的哦！卡片上一片感謝之聲讓人開心無比！家裡則有許久前教過的學生送來了一盆特大號的花，非常漂亮！這真是一個令人高興的節日，雖然不放假有些小遺憾！十月二十九日，媽媽到政戰學校為三軍六校學生聯合畢業前的反共復國教育演講，教過的中正理工學生，當場為我大唱「感恩的心」，我差點兒不顧形象地痛哭流涕！實在太感動了！誰說現在的學生現實！

開學已一段時間，台灣仍舊地動山搖！幾次課上到一半，同學大喊：「又地震了！」我慌忙徵詢學生說：「如果我現在衝出去，你們不會笑我貪生怕死吧！」幸而，地震很快又平復，但是，我已經被驚嚇到過敏地隨時覺得搖搖晃晃！動不動從書房喊出：「又地震了嗎？」爸爸說我太神經質了！我想，在現在的台灣，像我這種狀況的，恐怕不在少數。不知需要多少時間來平復這些心靈的創痕？

凱哥租屋住在大里，地震後，他教書的青年中學幾乎被夷為平地。電視上播出他們學校老師在災後重建中，辛苦地搬運器材，我們一直盯著螢幕找凱哥，可惜沒看到。奶奶說：凱哥真可憐！上回努力教書，卻大半年沒領到薪水；這回，又碰到嚴重的災情！不過，託天之幸，地震發生時，他警覺性強，倉皇逃出。總算不幸中的大幸！據說，同一棟樓中，也有人來不及跑出來，那才真叫可憐哪！

愛女兒的媽媽上　一九九九年十一月一日

全家都晉升網路族

親愛的女兒：

妳爸生日那天，聽到妳祝福的留言後，興奮地打電話到我的辦公室來炫耀！說：還是我們的女兒體貼！由此可知，小小的體貼，會給人帶來多大的振奮！生日的前一晚，哥哥花錢買火鍋料，四人（加正娓姊）在家吃火鍋，今年生日，爸爸過得很開心！因為女兒和兒子都有良好表現！我則答應買個麥金塔電腦放他工作室，讓他好好用電腦作畫。從十月起，爸爸和畫友的模特兒素描活動又繼續開張（已停止許久），地點仍在我們的工作室內。麥金塔是用來獎勵他的勤奮的！

最近，爸爸已學會上網，有了屬於他自己的 e-mail 地址，每天都很勤奮地上去看看，彷彿會有什麼奇蹟發生似的！實際上，知道他的 e-mail 號碼的只有三人：哥哥是別指望他寫信了；我又太忙，只是偶爾會捎個祝福給他；我猜測他主要是上去看看女兒有沒有寫信來，否則，信箱內盡是電子商品廣告，有什麼好看！因此，妳若得空，便給他寫封信吧！可憐的老爸！

上星期，楊伯伯給爸介紹到一個大公司去當顧問，將當年在工作崗位的研究及心得傳授出去。爸爸顯得很開心，自己打講義（雖然是慢得像牛步的一指神功），編教材，這星期一第一次去面談兼講課。聽他自己吹牛：十分受到肯定。我心裡也很開心。賺錢與否，已經不是重點，重要的是，在專業的領域內，每人都有屬於自己的驕傲，都需要受到別人的肯定。更重要的是，爸爸一向當主管，甚麼事都有屬下幫忙，以致變成電腦白痴，現在凡事得自己來，只好勉力學習電腦，這是我們家今年的一大盛事——現在全家都晉升電腦族囉！夠炫的吧！

昨日，接到妳報喜訊的信。從字裡行間，充分感受到妳初次拿到駕照的歡喜，連我都忍不住替妳高興起來。我只是有一點給他怕怕的！不知道這個萬分高興的人，接著會提出怎樣的要求！我怕我的荷包要遭殃，也怕妳若有了自己的車子，會不會注意安全！

今年，我擔任二年級導師。教書二十年，這是我第一回當導師，心情很特別。在印象中，導師彷彿應該帶著全班同學去保健室檢查砂眼或量身高體重等，若真是這樣，倒也簡單。只是面對一群比妳高大許多的大學生，竟然不知能為他們做些什麼！本來，我雄心大志，想將導師費拿出，為他們舉辦一系列文學性演講，被妳哥哥大大取笑了一番，他說：演講可以免了，大家聽演講都聽得煩死了！倒是請吃飯實惠些！我聽了，真感到有些惆悵哪！現在的年輕人真是對文學都普遍缺乏熱情了嗎？你對此事有何看法呢？

祝福。

媽媽上

一九九九年十一月三日下午1：50

男子有意或無意的注視

親愛的女兒：

很高興接到妳要求釋疑的 e-mail，讓我能和妳分享生命中的滋味，即使那只是一位男子有意或無意的注視。

我所得到的資訊雖然不是太多，但據妳的敘述：他千里迢迢打電話來表示沒有妳同行的旅程多麼無趣！而且覺得花再多的電話費和妳通話都不覺可惜！希望能跟妳多說說話……，如此看來，那位男子可能真的是動了真情。妳問我怎麼辦？而且感到有些害怕。坐在電腦桌前的我，不禁微笑起來！二十歲時的憂喜摻雜的心情宛然再現！伴隨而來的，則是吾家有女初長成的喜悅和即將有人參與競奪女兒的惆悵之感糾纏著出現。

男女交往本來是很自然的事，不用太過緊張。重要的是，要問問自己：對他的印象如何？討不討厭？願不願意有更進一步的交往？如果妳對他的印象還不壞，就欣然接受他的電話或邀約，但要非常小心。人生無法重來，不要一下子把感情放得太重，到後來不堪收拾，或搞得傷痕累累！據我多年來對妳的觀察：妳天真浪漫、胸無城府，常常感情澎湃，一發不可收拾。這往往成為男女交往時的致命傷。作為媽媽的我，總自私的希望女兒在情感的道路上能走得平順，而像妳一般乖巧體貼的人是應該有人好好心疼妳的！我一方面高興終於有「有眼光的人」將目光注視在妳身上，一方面又不免像每一個媽媽一樣不放心，怕女兒遇人不淑呀！

要不要多介紹一些資料讓我們知道呀！對方是何方神聖？中國人？外國人？是在學校認識的嗎？還在讀書嗎？多大年紀？家庭如何？長得怎樣？……啊！……恨不得僱私家偵探好好地、鉅細靡遺地偵察一番啊！妳看！作父母的心情好笑吧！一方面叫女兒鎮靜、別緊張；一方面自己心裡慌得什麼似的！

另外，若妳對他沒特別的印象，或者覺得他不怎麼樣，就別理他了！免得讓他誤會、增加麻煩！可委婉對他表示感謝垂青，並說年紀尚小，不想有固定男友！千萬不可因為大家都有男友或無魚、蝦也好的心態下，隨便交一個，感情方面，最好寧缺勿濫！否則將來甩不掉，麻煩可大了！

有任何疑問，即刻來電或來 e-mail，不要忘了：爸媽永遠是妳最佳的狗頭軍師！永遠支持妳！

媽媽上　一九九九年十一月十三日上午10：00

後記：

糊塗媽媽

蔡含文 提供資料
蔡含識 執筆

爸爸常說他娶了一位迷糊的太太，所以我們也就有了一位迷糊的媽媽，媽媽的迷糊真不是蓋的，如果去參加比賽，鐵定可以奪得台北市或台灣省的第一名。

她一個月至少要去找鄰近鑰匙店的叔叔三、四次，因為她出門時老是忘了把鑰匙帶出去。有一次，我們一起去逛街，她一路找郵筒寄一本書，從金石文化廣場出來，好不容易看到一個郵筒，她便興高采烈地把書丟進去，等到回家後才發現要寄的書還夾在胳臂下，原來丟進郵筒的是剛從書店買到的書，您說，她是不是夠糊塗呢？

有一回更糗。回台中坐客運車，居然把零錢丟進取車票的機器裡，害得司機取不出車票，一路上罵個沒完，害我覺得好丟臉，只好找個離她比較遠的位置，不要讓別人發現我是她兒子。

幾乎每隔幾天，我們就會又聽到她鬧了笑話，譬如說，上課走錯教室，還在那間教室足足講了二十分鐘才發現；開車逆向行駛，被警察逮到；騎摩托車摔下坑洞，跌得鼻青臉腫；划船掉到池塘裡，全身溼透了回家；紅燒肉燒得焦黑；市場上拍錯陌生人的肩膀；或是做了一桌子好菜，才發現忘了煮飯。每次，總是逗得我們好開心。我們一直覺得很奇怪，像這樣糊塗的人，她寫的文章，為什麼有人敢登呢？

媽媽平常很幽默，很愛開玩笑，但是兇起來的時候好可怕。我懷疑她比較偏心妹妹，每次妹妹闖禍時就不停地哭，媽媽就問她：「打幾下，自己說。」妹妹就伸出手說：「十下！」媽媽便用很奇怪的口氣說：「太多了！」妹妹說：「那五下好了。」媽媽就很大聲地說：「那麼多幹什麼！傻，三下就夠了。」然後輕輕地打。但是，打我的時候，卻很兇惡地追著我，氣憤地說：「今天我不打你，我就不姓廖。」我跑得很快，當然沒有被打到，但是，她好像也還一直姓廖。

媽媽的心腸很軟，看到比較可憐的電視節目，就不停地流眼淚，看到比較動人的事，也哭個沒完。每次到暑假，她總是說來推銷報紙、衛生紙的大哥哥、大姊姊很辛苦，便跟他們買了一大堆堆在書房裡，爸爸說，媽媽很容易受騙，我看也是。外婆常說，如果不是爸爸常常在旁邊提醒，她什麼時候被賣掉了，自己都不知道。

我不太懂大人的事，媽媽看起來很糊塗，但是，她的學生到我們家來玩，卻都說她是一位很好的老師。這我就奇怪了，我們老師也是好老師，可是看起來就一副很能幹的樣子，一點也不像我媽。不過，媽媽確實是很用功，每天只要有空，一定看書寫作。好幾次，我半夜起來上廁所，都看到書房的燈還亮著。我想，這大概就是老師說的「勤能補拙」吧！

我媽媽常常把我的糗事寫在報紙上，害得我很不好意思，今天輪到我，決定好好報仇一下，希望她看了，不要氣得打我，阿彌陀佛！

——原載民國七十九年五月《聯合文學》

廖玉蕙作品集 14

與春光嬉戲

作者　廖玉蕙
繪者　蔡全茂
責任編輯　鍾欣純
創辦人　蔡文甫
發行人　蔡澤玉
出版發行　九歌出版社有限公司
臺北市105八德路3段12巷57弄40號
電話／02-25776564・傳真／02-25789205
郵政劃撥／0112295-1
九歌文學網　www.chiuko.com.tw
印刷　晨捷印製股份有限公司
法律顧問　龍躍天律師・蕭雄淋律師・董安丹律師
初版　2014（民國103）年2月
本書於1998（民國87）年由健行文化出版，現增訂改列為九歌版廖玉蕙作品集。
定價　300元

書號　0110714
ISBN　978-957-444-926-2
（缺頁、破損或裝訂錯誤，請寄回本公司更換）

國家圖書館出版品預行編目資料

與春光嬉戲 / 廖玉蕙著；蔡全茂圖.
-- 初版. -- 臺北市 : 九歌, 民103.02
面；　公分. -- (廖玉蕙作品集 ; 14)
ISBN 978-957-444-926-2(平裝)

855　　　　102027229